U0013257

夜不語

詭秘檔案

夜不語

詭秘檔案

夜不語

詭秘檔案

夜不語

詭秘檔案

夜不語

詭秘檔案702

Dark Fantasy File

鬼線

夜不語 著 Kanariya 繪

CONTENTS

作者自序

啦啦啦，啦啦啦，陰霾了一個多月的天空，終於有一絲陽光刺破烏雲，總算是出太陽了。本帥哥住的樓層挺高的，如果天氣晴朗，甚至能看到四百多公里外的四姑娘山和折多山。

今天天氣不錯，從陽臺上望出去，層層疊疊的雪山頓時映入眼簾，甚是美麗。雪山一峰比一峰高，反射著金色的光芒。

我陰霾了許久的心，也算是透了些氣。看本地網路的評論，有人將成都的太陽比喻為大姨媽，一個月只來幾天。不過我倒是認為，太陽早就煩透了成都人民對自己的形容，決定用實際行動表達嚴正的抗議。它可以像停經期的婦女般，一天都不來。

好吧，好吧，討論太陽的問題就此打住。總之我在花園裡撒下的種子，今年恐怕都發不了芽了！

其實寫這篇序的時候，腦袋一片空白，不知道寫些什麼好。餃子已經長大許多，在我的腿邊，用肥嘟嘟的小手抱著本帥哥的大腿撒嬌。

作為從小就玩著日本養成系遊戲長大的一代，本帥一直以來都想要個女兒。從短短小小的小蘿莉一直培養成人，天哪，那簡直就是超3D養成類遊戲嘛。

於是妻子很體貼的生了個女兒給我。

從女兒出生到現在，我一直處於斯巴達狀態。你妹的，這個養成系遊戲似乎有哪裡不太對勁兒！

遊戲裡的小蘿莉會打工賺錢，會自我修練，會按照爸爸們設定的路徑自動增加自己的善惡感、飽食度，甚至還會自己跑出去探險。

而現實是，餃子生下來就哇哇大哭。她的帥爸爸抱著她的時候，還是哭個不停，弄得我一直抱著，一直抱著，從下午抱到了晚上。腰痠臂痛不說，最後報答我的，是一坨形狀奇怪的粑粑。

咦，咦，咦。你妹的，醫生說寶寶的便便絕對不臭。我斷定，那個醫生的嗅覺一定有問題！

不過，最有問題的還是我，自己隔著尿布濕捧著餃子的粑粑，居然不覺得噁心，反而掏出手機狂照一番後，將照片發送出去，噁心到了一大堆的親朋好友。

從前只聽說過寶寶初便的模樣和顏色，真的用眼睛看到後，才驚訝不已。寶寶出生後的第一坨屎，果然是綠色的，人類真是太神奇了！

之後隨著餃子成長，我的不對勁兒感越來越強烈。

嗚，教科書和養成系遊戲裡都沒有提到，養成蘿莉是要先從每天三次粑粑和無數次尿尿開始的。人家遊戲裡的蘿莉們可從來不撒尿，更不會撒到最愛的爸爸的褲子上。

而且人家遊戲裡的餵食系統更加人性化，手指一點就搞定了。而餃子的餵食全靠人工手動，白天還好，晚上兩個小時就要起床一次泡奶粉……

足足有三個月，我幾乎沒有完整的睡過一覺。一躺下眼睛裡就閃過奶粉的刻度和水量的深度，自覺已經成為了人體溫度測試器。

養成餃子的第一年，伴隨的全是疲倦和累，工作放下了，寫稿放下了。就算出版社和雜誌社打電話來催稿，也是一推再推。二〇一二和二〇一三兩年，工作是什麼，自己完全忘得一乾二淨。

但是一切都是有回報的。我捨棄了養成遊戲中的經驗，總結出屬於自己的育蘿莉辦法，讓人頗為自豪。因為本帥將家裡的小蘿莉養得乖巧可愛，楚楚誘人（哧溜，抹口水），呃，不對，應該是楚楚動人，嘿嘿。

古人說可憐天下父母心，只有真正的養過兒女後，才會知道父母的艱辛和不易。我很自豪自己一把屎一把尿的將餃子養育大，沒有錯過她任何一點一滴的成長過程。

好吧，好吧，囉囉嗦嗦了這麼多，已經將這本書的序離題到宇宙之外了。最近幾個月發生了很多事情，心情真的有些沮喪，在微博上發了些亂七八糟的話後，許多讀者都回覆安慰，甚至還有讀者專程發信給我，問我怎麼了。

真的令自己很感動。

冬天是憂鬱的季節，也最容易得抑鬱症。或許也是壓抑的成都天氣，讓我的心情才遇到些煩惱就變得很糟糕吧。不過這種壞心情，也隨著昨天刺破天空的陽光一掃而光。

什麼都會好起來的，人生，說起來也就是那麼回事！

希望大家會更喜歡這個系列。

夜不語

人物簡介

時女士：時悅穎的姐姐，妞妞的媽媽。閨蜜叫她石頭。

妞妞：一個六歲多的可愛小女孩，智商高達一百六。

李夢月：趙雪口中的大小姐，有著絕麗的容貌，冰冷的氣質。

趙雪：李夢月的僕人。

時悅穎：我失憶後照顧我的女孩，很秀逗，愛看連續劇。

夜不語：主角夜不語，失憶中。再次被時悅穎撿回去後，時悅穎貼心的為他改回從前的名字——小奇奇。

鬼線

紅線，原意是紅色絲線，後來多指男女婚姻為命中注定，彷彿有紅線暗中牽繫。現代也有比喻不可逾越的界線等多種含義。

或許紅線，在這個不可思議而又疲倦不堪的世界中，代表的意義比人類的想像力更加的豐富，也更加的難以描述。

哪怕是失憶了，繫在紅線兩端的人，終究還是會因為紅線而相逢。

只是不知道，切斷了輪迴的紅線兩端的相逢，究竟會是福……

還是禍！

楔子之一

啦啦啦，啦啦啦，春天我把老公種了下去，春天我把老公種了下去。等到秋天收穫的季節，就會收穫好多老公。一個做飯，一個收拾屋子，一個陪我逛街，一個陪我玩遊戲，剩下的全都去賺錢。

啦啦啦，啦啦啦，我要把老公種下去！

啦啦啦，啦啦啦，現在就把老公種下去！

孫影一邊哼著歌，一邊將老公扔進浴缸。浴缸裡沒有水，喝下過量安眠藥的老公沒有反抗，他睡得很香。

孫影笑瞇瞇的看著老公熟睡的帥氣模樣，漂亮的眼睛笑成了月牙。她想了想後，按開手機，找出一篇標題名為〈種植老公指南〉的網頁。

鏡子中，孫影的甜笑像是厲鬼般陰森可怕。她打開的網頁並不花俏，純黑的頁面上，只有一個大大的五芒星陣，與鮮紅色的字體，寫著種植老公的每一個步驟。

孫影讀了第一條後，從客廳拿來一張大油布，鋪在浴室的地面。

第二個步驟，孫影從廚房拿了一把斬肉刀。

第三步，孫影皺了皺眉頭，有些困擾。她用刀在老公身體上比劃了幾下，似乎在找尋最佳位置。

「還是從最好切的地方開始吧，網頁上也說女人的力氣小。」孫影仔細閱讀第三步的解釋，然後一刀割在老公的脖子上。由於她的手腕太細，力氣真的很小，割得口子不大，只切到了動脈而已。

大量的鮮血立刻噴湧出來，噴到了浴室對面，貼有馬賽克的牆壁上。殷紅的血順著一格一格的瓷磚往下流，最後匯聚到油布中央。

孫影搖了搖頭，有些氣悶地說：「應該在牆上也貼些油布的，等一下打掃的可是我本人啊。」

平時都是她老公負責整理家務，光看浴室被弄得這麼髒，她就有些煩躁。

老公掙扎了幾下，似乎很痛苦。血液倒灌進氣管裡，本來熟睡的他痛得睜開眼睛，居然醒過來了。

「你醒了？」孫影嚇了一跳：「笨蛋，你為什麼要醒過來，那會有多痛啊。」

她急忙查看《種植老公指南》的註釋，上面寫得很清楚，如果中途老公醒了，請再多補幾刀，以便減少老公在過程中的痛苦。

於是孫影抓起一旁的斬骨刀準備更加用力的砍斷老公的脖子。老公艱難的伸出手，抓住了她的手腕。

老公吐出一口鮮血，好不容易才擠出一句話，他的眼中全是難以置信：「妳，為什，麼，要，殺我……」

他想不明白，一向乖巧可愛、深愛自己的妻子，為什麼要殺他。從結婚至今，他什麼事都順著她，將她當作宇宙的中心。兩人恩愛有加，從來沒有紅過臉吵過架。可是今天下班後，他接過妻子殷勤遞來的一杯溫水，之後就覺得睏得要命，眼皮睜都睜不開。

現在想來，水裡一定放了安眠藥。

可是他想不通，妻子為什麼要殺自己？

對啊，為什麼呢？

孫影伸出空出的手，摸了摸丈夫的臉：「親愛的，我不是想殺你。」

丈夫吃力的轉動腦袋，看到地上鋪的油布，才發現妻子的謀殺是早有預謀。他沒有擔心自己，反而艱澀的又吐出一口血，緩慢的道：「不要，用，斬骨刀。妳，力氣小，斬不動我的，骨頭。」

「可是這篇文章上說，斬骨刀比較好。喏，你看！」孫影眨巴著眼睛，乾脆將手機湊到丈夫的眼皮子底下。

因為痛苦，丈夫的雙眸已經充血了，劇烈的疼痛感從脖子深處傳遞開，痛到極致，反而開始麻木起來。

「笨，蛋。斬骨刀，剁骨頭，很，麻煩。妳力氣，小，沒做過，家務，容易傷到，手。」丈夫想要搖頭，但是一動喉嚨中噴出的血更多了。他的力氣也在逐漸消失。

「好吧，我找一把剔肉刀來。」孫影嘟嘟嘴，點頭道。自己向來都是最聽老公話的。

「分屍，完，將我煮了。肉不要，倒進，廁所，容易堵。會被，發現。」老公絮絮叨叨的說著，完全不在意自己的生命即將消失，反倒全心全意替殺自己的兇手著想。

「煮好的肉，丟給，巷子後邊的，野狗。

「骨頭，埋進，花園，裡。」

老公的手已經抓不住孫影的手腕了，他每個字都說得非常吃力。

「知道了，知道了。你總是管那麼多，我可是有手有腳的。」孫影抱怨道：「你少說些話，你看，一說話就痛得眉頭都皺起來了。讓我多心痛啊！」

老公想了想，覺得疏忽了什麼，本來低垂著的腦袋抬了起來：「給我，一支筆，一張，紙。」

「你要幹嘛？」孫影疑惑的問。

「給，我。」老公加重了語氣。

「好啦，知道了，我去拿。」孫影點頭後，從書房拿來了紙筆。

老公找了一處沒有血跡的乾淨位置，艱澀的在紙上寫了幾個字：「我離開了，別找我。我會去一個誰都找不到的地方。」

老公認真的簽了名，覺得沒有遺漏後，這才鬆了口氣，露出了安心的笑容。

這樣就好了。

這樣就可以瞑目了。

就算別人報了警，發現了疑點，有遺書在，警方頂多認為是自己離開後失蹤，和妻子無關。

只要妻子好好地活下去就好，這樣他就算是死，也能好好地死了。

可惜今後的大半輩子，幾十年，自己這什麼事情都做不好，笨手笨腳的老婆，得自己照顧自己了。

這世界再也找不出任何一個人，能比他更愛她。

「照顧，好……」老公的手完全失去了力氣，啪的一聲落在浴缸邊緣。雙眼瞳孔放大，徹底的失去了生命。

在他死亡前的最後一刻，留下的仍然是對妻子的擔心和不捨，以及一絲妻子不會因為殺了自己而被警方發現的欣慰……

楔子之二

「大小姐，大小姐，等等我。」一條飄飛著初春梨花的街道上，小雪追著一個冰冷的絕麗女孩。

雪白的梨花飄落在兩人之間，整條街道美得一塌糊塗。

每個人，心裡都有填不滿的空缺。一如喪屍一般，人們拚命的想將內心的空缺填滿，可是真的拚命往裡邊填東西時，才發現自己早已經失去了消化器官。人們追求著物質，追求著精神上的滿足，追求著能夠把自己填滿的一切。

無所不用其極！

其實到最後，也只是吃那麼多，喝那麼多，用那麼多。臨死前再看世界最後一眼，只會發現一切彷彿南柯一夢般虛無縹緲，了無意義。

小雪的記憶裡，大小姐常常會看著窗外，眼神空虛。大小姐說自己的人生，沒有意義，彷彿一覺醒來後，就變得面目全非。大小姐住在大大的房子裡，身旁圍繞著許多僕人，大小姐每天上下學都有專車接送。大小姐有著絕美到令人窒息的容貌，吸引著班上所有男女為她瘋狂。

但是大小姐卻說自己感覺不到一絲一毫的真實感。大小姐渾身的冰冷散發在空氣裡，拒絕一切物質靠近。小雪每次看到自己的主人，都覺得她的冰冷中，輻射著淡淡的悲涼。

小雪叫做趙雪，今年十八歲。是一年前進入這間豪宅當傭人的。趙雪家裡很窮，父母早已離異，父親辛辛苦苦的將她拉拔長大。可是去年初，經常加班只為幫自己賺大學費用的老爸終於積勞成疾倒下了，醫院診斷是突發性下肢癱瘓。

於是家裡唯一的勞動力倒下了，負債累累的趙雪要讀書，要打工，還要照顧父親，替家裡還債。走投無路下，肩膀纖弱的她路過上下學經常走的鐵架橋，精神恍惚的本想一了百了，跳河自殺算了。

就在她要跳下去的一瞬間，一隻白皙的手，牢牢的抓在趙雪的手腕上。瓷白纖細的手的主人是個留著長髮的絕美女孩，她面無表情，大大的眼睛裡甚至沒有任何感情色彩。小鹿般的長睫毛微微抖動著，幾滴落下的雨飄飛在女孩臉上，但奇怪的在接近前，就被一股有若實質的隔閡感彈飛了。

這個美麗到不食人間煙火，甚至不應該存在於地球的女孩，似乎對整個世界都充滿了否定。否定到沒有物質能接近她。

這是一瞬間，趙雪腦袋裡的奇怪想法。

「死都，不怕。」女孩放開手，輕輕看了她一眼：「還怕，活？」

很簡單的一句話，卻直接飛入趙雪的心田中，冰冷的聲音奇異的將她心中的冰雪融得支離破碎。這輩子恐怕忘不掉了吧。趙雪笑著搖搖頭，真的一輩子都忘不掉，哪怕是離開這棟房子，離開大小姐，結婚生子，甚至最後老死了。這段經歷，自己也絕不會忘記。

因為大小姐那一刻的模樣，已經深深烙印進她的靈魂中。

不知不覺，當大小姐的貼身僕人，已經一年了。這一年趙雪過得很好，真的很好。她轉入大小姐就讀的班級。在家裡為大小姐端飯做菜，在學校替大小姐阻絕無數擾人蒼蠅般迷戀大小姐的男男女女。

說實話，大小姐似乎對一切都不在乎，甚至冰雪般的容顏上看不到一絲笑容。不錯，大小姐，從未笑過，一次都沒有。

大小姐對衣服有強烈的偏好，她只穿白色連衣裙，所以衣櫃裡，只有白裙，如同窗外飄飛的梨花瓣般的白裙。

無論春夏秋冬，就算是零下十多度的雪地裡，就算是去上學，也只是在白色連衣裙外，套上單薄的外套或者學校的制服而已。校方勸說了幾次後未果，也沒有再下一步的動作。所以在學校的任何地方，都能一眼將大小姐和其他學生區分出來。

她的著裝，沒有學生有意見。在這個高升學率的名校高中裡，百分之九十九的男女，甚至連老師都是大小姐的狂熱粉絲。

大小姐對白色連衣裙的酷愛，深入骨髓。記得冬天有一日，趙雪曾好奇的問過：

「大小姐，妳為什麼一定要穿白色連衣裙，不怕冷嗎？」

本來也沒抱期待會得到回答，畢竟大小姐不愛說話。這麼長的日子以來，她聽過大小姐的聲音次數，五根指頭都能數出來。

可是這一次，大小姐居然回答了：「因為，他說，喜歡。」

「有人，喜歡？」趙雪本來還在欣喜若狂大小姐居然和自己說話了，可後一秒就覺得腦袋被使勁兒的撞了一下，整個人都石化了。什麼，大小姐居然只是因為一個人說喜歡，就無論春冬秋夏，甚至冒著生病的危險，再也不肯穿除了白色連衣裙外的其他衣物。

那個人是誰，竟然有這麼大的魅力。

大小姐雖然神色冰冷，但是她的完美令趙雪佩服得五體投地。不費心思，成績就能輕鬆名列前茅。過目不忘，智商極高，足夠令全世界人都癡狂的容貌。平常人只要有她完美度的十分之一，已經能夠稱霸武林了。

可這麼完美的一個人，居然會為另一個人，甚至只是那個人的一句話，就變得如此執著。這究竟是多麼深刻入靈魂的感情？

「那個人，是男是女？」趙雪覺得自己的人生觀和價值觀完全被顛覆了，她有些喉嚨發乾的問道。

沒想到今天的大小姐興致特別高，居然連續回答了她兩個問題。不，或許不是因為大小姐的興致，而僅僅只是因為自己問到了那個人的緣故吧。

「不知道。但或許是……」大小姐側頭想了想，眼裡閃過一絲迷惑：「男性。」男人！居然是一個男人！大小姐居然為一個男人癡狂！簡直難以置信，如此完美的大小姐，能夠配得上她的男人，究竟會是誰？這個城市裡追求大小姐的貴公子數不勝數，甚至有人專程從大城市趕來，直接拜倒在大小姐的連衣裙下，對大小姐死纏爛打。可是無論他們怎麼百般討好，大小姐卻從未正眼看過那些人。

趙雪轉頭想了想，當貼身僕人那麼久了，也沒覺得大小姐和哪個男人接觸過。她越發迷惑起來：「大小姐，那個令大小姐在意的男人，是誰？」

大小姐冰冷的臉上，一絲柔情滑過，但隨即微微搖了搖腦袋，給了趙雪一個完全瞪目結舌的回答：「不知道，我，忘了。」

什麼，如此令大小姐記憶深刻的人，大小姐居然也能忘掉？不愧是大小姐！

隨後，大小姐再次搖搖頭：「甚至，無法，確定。他，存在過。」

趙雪目瞪口呆的看著大小姐閉上嘴，從此之後大小姐再也沒有提過這件事。但是她仔細觀察自己完美的大小姐後，發現大小姐有一個怪癖，那就是看黃頁。

大小姐從各個購物網站中買來了大量的黃頁，將自己偌大的臥室塞得滿滿的。趙雪每天替大小姐整理房間，都能發覺黃頁的數量又增加了。全國六百六十一個市，一千六百三十六個縣，每個市縣都有自己的黃頁。最初大小姐的房間中只有十多本，但之後就以倍數的增長方式在增加。

最後趙雪清點的時候，這間足足有七十多平方公尺的臥室裡，除了黃頁外，再也找不到任何屬於女孩子的東西。沒有面膜，沒有化妝品，除了少量白色連衣裙和必備的內衣褲外，再也沒有其他。

走入大小姐的臥室，視線範圍裡只有黃頁，密密麻麻重疊在一起的黃頁。截至今天為止，一共有接近兩千本。

最可怕的是，每本黃頁上，都明顯有大小姐翻看過的痕跡。不只是翻看，一本黃頁至少也有幾千篇，每一篇每一頁每一個人的地址、電話、名字等等訊息，大小姐都認真的讀過，而且還在覺得可疑的地方用紅筆勾畫起來。

大小姐除了睡覺外，就連上學，書包裡放著的也不是課本，而是幾本厚厚的黃頁。大小姐的記憶恐怕比她絕美的容顏更加厲害。她可以一邊看黃頁，一邊回答老師的提問，完全不需要課本。

趙雪有一次將其中一些黃頁搬到別的房間，於是她第一次看到大小姐找不到黃頁時，眼神中那股深深的悲涼空虛感。大小姐什麼也沒有說，可是那冰冷的眼神中帶著的微微感情色彩，令趙雪的心都涼了。

她能感到自己的心在發痛，那股痛源自於大小姐。

那天趙雪才明白，大小姐從不笑，因為大小姐的心裡缺失了一塊無法填滿的巨大空白。大小姐藉著用閱讀黃頁來填補空缺。

原來大小姐，一直都在承受著這股莫名的痛。雖然趙雪一直都搞不懂，為什麼閱讀黃頁能夠令大小姐止痛，但是她再也不敢動大小姐的黃頁了。每個人都有怪癖，就算是完美的大小姐，也有自己對黃頁執著的理由。

不光不再動黃頁，趙雪還盡力替大小姐搜集各個地方的黃頁。每次看到大小姐拿到黃頁時，身上的冰冷感稍微搖晃的感動，趙雪也同樣會感動。

自己能為大小姐做的事情有限，也僅僅剩下這一丁點而已。

又過了一段時間，趙雪突然發現，大小姐似乎並不只在看黃頁。每一本黃頁上都有她用紅筆圈住的可疑人物，每當看完一本，她就會拿起電話一個一個的打過去。大小姐不會對著話筒說話，而是靜靜的傾聽。

然後失望的將話筒掛斷。

就這樣不斷地重複著。

希望、失望、然後便是失望過後的痛。像是一種輪迴，不斷折磨著大小姐。大小姐的面容從來都是波瀾不驚的，但是有一天，大小姐冰冷的面容上突然有了波瀾。

「小雪，我要去……」大小姐猛然抬起頭，用大眼睛一眨不眨的看著趙雪，語氣竟然有一絲灼傷人的焦急：「源西鎮！」

「源西鎮？」趙雪又驚訝又疑惑，這是大小姐第一次流露出這麼強烈的感情色彩。

不認識大小姐的人或許還看不出來，但趙雪可是大小姐的貼身僕人，對大小姐細微的感情變化非常敏感。

怪了！究竟是什麼讓大小姐變得稍微激動起來的？

視線順著大小姐的臉，一直到了大小姐白皙的手上。大小姐纖細修長的手指用力的點在一本翻開的黃頁上。

手指用力到幾乎要陷入了脆弱的紙頁裡。

大小姐的手指底下，是一個企業的名字：

——源西鎮

博時教育！

第一章　怪異女人

勞倫斯在《查泰萊夫人的情人》中說：「我們生活在荒誕時代，但我們不願驚惶，我們處於廢墟中，嘗試建立一些新的小小的棲息地，懷抱一些新的微小的希望，這是一種頗為艱難的工作。」

對於失憶接近兩個禮拜的我而言，春天的到來有些突如其然，我很迷茫，甚至找不到通向未來的大道。

看不到恢復記憶的希望，是相對於艱難來說，更艱難的一種生活。

據說，我叫小奇奇。這個據說的來源，叫時悅穎，自稱是我的妻子。而現在，我逐漸開始相信她的話了。

畢竟她或許是這世界上，唯三能記得我的人。另外兩個是妞妞和時女士，都是時悅穎的親戚。

今天是來到源西鎮的第八天，這八天以來，幾乎一無所獲。

前段時間被時悅穎撿回去後不久，便發生了許多可怕詭異的事情，幸好結局不錯，救出了妞妞。但是留下的疑問也同樣不少。例如荷蘭人安德森．喬伊，在一百多年前於案骸鎮照的那張古鎮照片上，為什麼會附著恐怖的空間能量，甚至能死死賴在第一個接觸到它的生物上？

同樣來自於案骸鎮棺材鋪古井下的那個盛放在酒罐子中的嬰胎，又是什麼鬼東西？為什麼它一定要賴著時女士的女兒妞妞？甚至，還想寄生到時女士的子宮中？還有那個出現在照片中的駝背男人，我徹底查了案骸鎮的歷史，始終沒有在紀錄中找到這個人，他究竟是誰？

他彷彿憑空出現的人似的，就那樣生存在照片裡的棺材鋪中，無論時間如何流逝，都不會消失……

我在事件結束後，詳細的調查過安德森．喬伊。他的其中一本書中，曾經提及源西鎮。我猜他一定在案骸鎮的古井中找到了某種帶著超自然力量的物體，這個知識淵博的荷蘭人前往源西鎮的時間，在案骸鎮之後，回歐洲之前。或許那件令照片和嬰胎變異的神秘物件，並沒有被安德森帶走，而是因緣巧合中留在了源西鎮上！

更巧的是，時悅穎說她的老家，就是源西鎮！

本以為或許我能在這個鎮上找到嬰胎和照片的秘密，也能找到時悅穎、時女士和妞妞三人為什麼沒有忘記我的答案。

甚至是恢復記憶的方法！

可沒想到，恢復記憶是如此艱難而缺少頭緒。

「小奇奇哥哥，小奇奇哥哥，我講個故事給你聽。你知不知道『狗咬呂洞賓』這個成語的由來？」六歲的妞妞坐在後座的兒童座椅上精力十足，而時悅穎坐在我身旁。

這小蘿莉古靈精怪得很，有些嬰兒肥的圓臉上，五官精緻，絕對是令怪叔叔和蘿莉控們發瘋的存在。最不可思議的是，妞妞從小就人小鬼大，什麼都懂。據說前些日子智商測驗，就連測試的教授都驚呆了，完全難以置信。小蘿莉的智商竟然高達驚人的一百六。

好吧，智商一百六到底是什麼概念，我有必要用數據來解釋一下智商分數的標準差。例如假定這個 160 的 IQ 用的是比較常見的 15 為標準差，那麼小蘿莉妞妞就高出平均值 4.00 個標準差。接著，我們可以在著名的高智商組織門薩協會公佈的智商對照表中查到相對應的標準，例如正態函數分佈表。

當 u=4.00 時，函數值為 0.999968。也就是說，每十萬人裡，只有 3.2 個人可以說「老子比這小蘿莉聰明」。而終其一生，這 3.2 人要麼出生在偏遠地區沒有接受過有效教育，有的人雖然有高智商卻沒有得到應有的尊重，所以也就逐漸變得普通起來。最後，只剩下一百萬分之一的人，能夠和這小蘿莉 PK。

所以，不要看小蘿莉總是喜歡黏著我，笑嘻嘻一副人畜無害的模樣。其實內心是很可怕的，特別是妞妞的靈魂屬性早已偏向了腹黑。就連她的阿姨時悅穎，也經常被自己外甥女的惡作劇弄得哭笑不得。

可是小蘿莉畢竟是小蘿莉，只有六歲。考慮到或許還可能繼續發生可怕的事情在她身上，時女士毫不猶豫的讓她跟我們離開江陵市。時女士的公司在源西鎮——也就是她們老家——開了間不小的分公司。到了這裡後，我們三人順理成章的住進分公司的頂樓。

不知為何，總覺得時女士，似乎還隱藏著死都不願意說出來的秘密。

「我不知道。嘿嘿，妞妞告訴我吧？」我跟著導航轉動方向盤，緩緩的轉了個彎。車已經開出了源西鎮市區，朝東郊行駛而去。

「嗯，妞妞可聰明了。這個典故連小學老師都不知道喔！」妞妞眼睛笑成了月牙，開開心心的講道：「據說『狗咬呂洞賓』中的『狗咬』，其實是『苟杳』，是一個人。他是呂洞賓未成仙之前的鄰居，呂洞賓曾在其父母雙亡後把他接到自己家，幫他成家，苟杳後來考取功名。後來，呂洞賓家失火，苟杳不但幫呂洞賓蓋房又資助銀兩。後來人們叫著叫著就成『狗咬呂洞賓』了。」

「哇，妞妞真聰明，什麼都知道。」我笑呵呵的讚揚她。跟這小蘿莉一起插科打諢，有意思得很。

「小奇奇哥哥，其實這個典故……」妞妞黑漆漆的眸子閃過一絲狡黠：「你知道，對不對？從你臉上的表情很容易就能看出來！」

「呃，嘿嘿。」我撓了撓頭。這小蘿莉太聰明了，很難有什麼能瞞得了她。

「我就知道小奇奇哥哥什麼都知道，嘻嘻，妞妞最喜歡哥哥了！」妞妞將漂亮的小臉湊過來，用力在我身上摩擦。

時悅穎吃味的扯了扯自己的外甥女：「妞妞，別影響姨丈開車。出車禍怎麼辦？」

「吃醋了，阿姨吃醋了。嘻嘻。」妞妞伸出細長的手指，指著自己的阿姨哈哈大笑：「阿姨居然吃一個六歲小孩的醋，真替妳覺得害羞呢。」

「去妳的。」時悅穎橫了外甥女一眼：「當心下次遇到危險，阿姨不去救妳了。」

「切，誰理妳啊。小奇哥會救我的。」妞妞比劃了一個二字：「哥哥都救我兩次了，他是我的白馬王子，是妞妞的初戀。阿姨要小心哦，一不小心哥哥就會被我搶走的！」

「現在的小孩太難帶了，零零後都開始跟我搶男人了！難怪那麼多女人沒對象！」時悅穎滿腦袋黑線，彷彿天上飛過了一群烏鴉，還拉了她一身的排泄物。

「好了，兩個人都別鬥嘴了，到了！」我說完，將車停了下來。

眼前是一條小道，小道盡頭是一眼望不到邊際的草地。春天到了，草地從灰敗的色調中甦醒，變出星星點點的油綠，生機盎然。

對於被失憶症困擾，心情抑鬱的自己而言，這一大片的綠油油令自己的心情突然好轉了許多！

「野餐時間到囉！」時悅穎和妞妞同時雀躍的大叫一聲。

我拉開車門，將野餐用的餐桌以及食材通通都擺出來，燒烤架也組裝好了。今天的野餐是時悅穎提議的，她說既然找來找去都沒有頭緒，那麼不如暫時休息一下，放鬆一下腦筋。說不定這一放鬆，就會柳暗花明，有新的線索出現。

自己深以為然，便同意了。

妞妞雖然智商高，但畢竟是小孩子。一聽到要去野餐，興奮了整夜，險些睡不著。

「小時候，我經常跟姐姐在這裡野餐喔。」時悅穎看著這漂亮的春季荒原，綠色和灰敗交錯著，綿延到遙遠的山脊之下，非常壯觀。她的髮絲被微風吹動，隨風飄舞，漂亮的臉蛋上浮現一絲懷念。

「從我有記憶開始，就是姐姐在養我。姐姐比我大十五歲，那時候過得真的很苦。姐姐要一邊上學，還要一邊打好幾份零工賺錢貼補家用。但就算沒什麼錢，姐姐每隔一個月，也不忘帶我到這裡來野餐。只不過吃的東西很簡陋罷了。」

「那外公和外婆呢？」妞妞眨巴著眼睛：「媽媽和阿姨從來沒提過他們。」

時悅穎苦笑，「我也不知道，我不清楚他們的事情，姐姐也從來不告訴我！」

我拍了拍她纖細的肩膀，「別難過，一切都過去了，不是嗎？何況，就算他們從來沒出現在妳的記憶裡，也並不意味著他們不存在。或許他們其實無時無刻不在妳身邊支持妳和時女士。只是因為某種原因，無法和妳們相聚而已。」

「父親我不清楚，畢竟時家女人有剋夫命。或許他早就被母親剋死了。」女孩撇撇嘴，勉強的笑起來：「而且，就算活著，他們會在暗地裡支持我和姐姐？怎麼可能，別開玩笑了！」

「剋夫命？呃，那個，妳在自己丈夫面前大剌剌的說出這麼可怕的詞彙，讓我情何以堪？」我悶悶的摸了摸自己的鼻翼，用另一隻手指了指自己的臉。

時悅穎噗嗤一聲笑了出來，「我也就是聽姐姐說的而已，自己都不相信。而且老、公，我覺得你命大得很。你看，三年多前我也以為你死了，還為你辦了葬禮。可現在你不是好好地活著，還再次回到我身邊嗎？」

「這倒也是。」我聳了聳肩，身旁聲稱是自己妻子的女孩很溫柔賢慧，雖然腦袋經常性的犯傻，但是確實是個不可多得的好女人，誰娶了都是三生有幸。自己也逐漸接受了她的存在，就連女孩堅持叫我老公，我也不再反對。

潛移默化真是一種可怕的慣性！

「不過我說妳父母在暗地裡支持妳們，是真的。妳對他們的成見太深了，反而蒙蔽了自己的眼睛。悅穎，妳仔細想一想！」我將她的腦袋扳正。

這個女孩一提到自己的父母，就會眼神閃爍，似乎不想聽關於這方面的事情。

「我知道你想說什麼。」時悅穎打斷了我的話：「老公，你是想說，如果不是他們在暗中支持的話。我和姐姐絕對不可能一直都沒有輟學的，畢竟無論姐姐如何努力打工賺錢，也只能貼補家用而已。想要繳納大學的學費，根本就不可能。沒錯，姐姐確實讀大學了。我也早就猜到，背後或許確實是有人持續資助，但是，我不認為那人就是我們的父母！」

「好吧。」女孩也有女孩自己的堅持，雖然從她撿回我的這兩個禮拜中，大部分的事情總是順著我。但是唯獨對於父母，她始終不願意理會，甚至不願意聽有理有據的解釋。我也岔開了話題：「悅穎，我最近欠妳不少錢了吧？」

時悅穎愣了愣：「老公，你在說什麼啊？夫妻之間哪裡有欠錢的道理，我的還不是你的。」

「話是這麼說，可我心裡總覺得不太舒服。」我望了一眼一望無際的天空，嘆氣道：「我是男人對吧。作為男人基本的職責，就是賺錢養家。」

「沒關係，我可以養你！」女孩急切的說：「小奇奇你只要開開心心的待在我身旁，要用多少錢都可以。我家開的是教育公司，賺錢得很。」

「可是，我不心安理得啊。」我伸手摸了摸她的小腦袋，對她的話很感動：「如果不能賺錢養家的話，我會很難受。所以，我最近想去找份工作。畢竟想要找回記憶不是件簡單的事情。」

不錯，這確實不是件簡單的事情。在我那套骯髒的乞丐裝中塞入紙條警告我的M究竟是誰？雖然紙條上的文字令人費解，而且也很難讓我相信。如果我真是被人用一個叫做鬼門的東西切斷了輪迴因果，那麼為什麼那個人要切斷我的輪迴？

我值得他這麼做嗎？

如果真有鬼門的存在，以我的想法來說，恐怕是很難取得的玩意兒。如果那個人費盡心機得到鬼門只是為了切斷我的輪迴讓我失憶而不是殺掉我。而我，又因為某種緣由真的值得他這麼做的話，這背後的含義就值得深思了……

因為那只代表一件事：自己，恐怕也不是什麼簡單普通的善良市民。

「找工作啊……」時悅穎的臉色陰晴不定，像是很不願意我出去工作。

就在這時，一個人在不遠處玩得正興奮的妞妞，突然發出一聲尖叫！

「怎麼了？」我和時悅穎同時嚇了一大跳，趕忙轉身望過去。

「有、有人！」妞妞嚇得臉色發白。

「哪有人啊？」時悅穎疑惑的打量起四周，只見這茫茫荒原上，除了星星點點的綠意外，視線所及的地方一片空空蕩蕩，一個人也沒有。

「不，確實有個人！」我走過去，抱起妞妞，輕輕拍了拍她的背：「妳看那邊。」

就在離我們十多公尺外的一個小土丘上，隱隱約約有個穿著灰黑色外套的人。這個人的衣服和地面的顏色很類似，不仔細看還真看不出來。可奇怪的是，不過是一個人罷了，也不像對我們有惡意，妞妞為什麼這麼害怕？

看背影，應該是個女人，長髮披肩，瀑布似的黑色髮絲亂七八糟的纏繞著，就那樣整個人以怪異到看起來都難受的姿勢趴伏在地上。女人一動也不動，彷彿地上有什麼令她十分著迷的東西吸引了她全部的注意。

也因為那女人安安靜靜的類似潛伏，所以我們從下車到現在，一直沒發現她。

「啊，果然有個女人！」時悅穎捂住嘴巴，「那女人是不是生病了，她不怕冷嗎？」

雖然已經開春了，但是源西鎮還是頗冷。平均溫度不超過十二度，可想而知荒野的地面會有多冰涼。何況那女人的衣服還有些單薄。我突然皺了皺眉毛，這身衣服，似乎在哪裡看到過！

顯然，時悅穎也有相同的感覺，「老公，那個女人身上的衣服，好像是我們公司的！」

「走，過去看看。」既然涉及到自己公司的事情，就沒法不理會了。我和時悅穎正想走過去看看情況，突然妞妞大喊一聲。

「不要過去。」妞妞的聲音脆生生的，充滿焦躁。

「妞妞，妳到底怎麼了？」時悅穎對自己的外甥女有些不悅，很少見到妞妞在這種大事情上鬧彆扭。

「她肯定發現了什麼。」我輕聲對懷裡的妞妞道：「妞妞，妳究竟看到了什麼？」

「那個女人，那個女人身上。」妞妞嚇得聲音不停發抖：「有些可怕。」

我和時悅穎再次將視線轉到女人身上，同時搖頭。時悅穎家開設的是教育公司，得益於人們對教育的需求越來越廣泛，公司規模也越來越大。源西鎮上的分公司涉足的教育培訓很廣，而以奇怪姿勢趴在地上的女人，穿的就是公司自家訂做的老師制服。

這套制服很貼身，上邊是白色的襯衫搭配顯腰的小西裝，下身是逐漸收縮齊膝的灰黑色裙子。套裝根本就不適合在初春的暖氣房外穿著。可是這位疑似公司教師的女人不但將制服穿了出來，而且似乎還感覺不到寒冷。

不，或許冷，但沒有注意到罷了。我能看到女人裸露的兩條雪白小腿上，有凍傷的痕跡，特別是接觸到地面的皮膚部位。可是女人的注意力完全被吸引了，她並沒有睡覺或者暈倒，仔細聽，甚至還能聽到她粗重的呼吸聲。

雖然確實是個怪女人，可是並不會讓人感到害怕啊。我接觸了妞妞八天，也算了解小蘿莉的性格。她的膽子很大，會讓她嚇到的存在，肯定很可怕。

「你們看那個女人，渾身上下都纏繞著紅色的線。」妞妞結結巴巴的說：「那些紅色的線糾結在一起，從她的皮膚上穿過去。女人的整個身體都被密密麻麻的紅線縫起來，好可怕！」

她的描述令我和時悅穎倒吸了一口冷氣。妞妞雖然古靈精怪，但不會在這種事上撒謊。我和時悅穎對視一眼，時悅穎滿臉不知所措。她和我一樣看不到妞妞所看見的東西，但我們倆都有些相信妞妞的話。

怪異的穿著時家公司制服的女人，就算是被我們圍觀也一動不動。我將妞妞遠遠的放下後，一步一步的朝女人走過去。時悅穎一把將我抓住，她用力搖頭，「我們報警吧，不要過去，小心有危險。」

畢竟妞妞前些日子遇到過十分詭異的狀況，誰知道現在發生在我們眼前的事情，是不是那件事的延續。那件事還有許多謎題沒有解開，就如同個定時炸彈，隨時都會引爆！

「我自己會小心的。」如果女人真如妞妞看到的一樣，全身都縫著紅線。那麼就算叫警察來也沒用。況且我隱隱感覺這是一條線索，一個人怎麼可能走到哪裡都會遇到怪事，詭異事件之所以詭異，就是因為稀少難見，一個人一輩子或許也就遇到過那麼一兩次。碰多了，再詭異的東西也會因麻木顯得稀鬆平常起來。

妞妞和我們看到的景象不同，那只意味著兩個可能。一是她有問題；二就是眼前的女人有問題。

「妳好，這位女士。妳需要幫助嗎？」我小心翼翼的走上前。

在伸手，接觸到女人之前，眼角餘光猛地掃到女人身上遮蓋的東西，頓時嚇得整個人惡寒叢生！

第二章 恐怖的紅線

恐怖是一種情緒，詭異同樣是一種情緒。肉眼能看到的東西，大腦總會尋求平衡點，讓人類不會感到大起大落。但是總會有一些東西詭異到超出人類大腦能夠處理的範圍，於是人就感到恐怖了。

恐怖了，也就覺得體感變冷了。

初春的源西鎮郊外，我的雞皮疙瘩不受控制的冒了一身，甚至就連頭髮都快豎了起來。自己終於知道了為什麼妞妞會害怕，也明白了那個趴在地上的女人，為什麼會不理會我們，甚至連動也不動一下。

她不是不想動，而是不能動。

背對著我們的她的腦袋底下，還有一個腦袋。一個皮肉已經腐爛變形，一顆眼珠子冒在外邊，而另一隻眼珠早就不知丟在了哪兒的頭。僅僅只有頭。頭的主人應該是名男性，從腐爛的程度分析，應該死了不下兩個月。冬季讓腐敗變得很緩慢，因為是荒野，散發的臭味也不會令人感到噁心。

女人緊緊的將那顆腦袋抱在懷裡，下巴抵在腦袋的下顎骨上。我甚至能看到那顆男性的腦袋是被鋒利的物體切割斷的，這個男人並不屬於自然死亡，而是他殺？

誰殺了他？是這個女人？可是為什麼女人會將男人腐爛的頭珍寶似的抱在懷中？

這詭異的一幕令我十分費解，而隨著自己的靠近，女人的眼珠子轉動了一下，看了我一眼。

「救，我！」女人艱難的張開嘴，緩慢不清晰的吐出了這兩個字。她張嘴的瞬間，我又被嚇了一大跳。

女人的舌頭上密密麻麻的縫著紅色的線，紅線居然從下巴穿了出來，一直延伸到她下巴底下的男子的顎骨中。

一條活人的舌頭，一條死人的腐爛的舌頭，就這樣被結實的紅線隔著下巴緊緊縫在一起。

女人在向我求救，而我卻不由自主的打了個冷顫。

「啊，好殘忍！」時悅穎因為擔心我也走了過來，她只看了一眼就嚇得將頭埋進我懷裡。

「確實很殘忍，但最可怕的是，這個女人究竟對自己做了什麼！」我拍拍她的肩膀，蹲下身，沉聲道。

時悅穎很聰明，立刻聽出我話中的意思：「小奇奇，你是說她，她是自己將自己的舌頭和死人舌頭縫起來的？」

我點點頭，「從縫合的角度看，確實只有當事人能夠自己用針線縫。而且你看她的手。」

女人的手指側面上有密密麻麻針刺的痕跡，應該是自己縫舌頭將針線刺入舌部前端和下巴時不小心刺中了自己另一隻手的手指腹。我的眼皮跳了幾下，這女人到底是誰，她為什麼要用如此可怕的刑罰懲罰自己。難道她在縫的時候，不會感覺到痛嗎？

這得要多大的毅力才能幹完這種可怕的事情？換作是我，早就在縫第一針的時候痛死了，哪裡會像眼前趴在地上的女人般一次次的刺入舌頭下巴，將男人嘴中腐爛的舌頭和自己連接在一起。前後縫了不下數百針！

光是想一想神經都會感到痛。這女人還真下得了手！

女人見我們圍觀，掙扎起來，卻仍舊起不來。下巴下的男性顱骨彷彿有千斤重，只要一動，女人就痛得撕心裂肺，她的眼淚早就乾了，變成了鹽結晶，貼在了臉頰上。這女人不知在荒野中獨自待了多久。

「還是報警吧。」時悅穎的聲音在發抖。

「再等一等！」我阻止她，「先查查她究竟是誰，畢竟發生了這種事，會對妳家公司的聲譽造成很大的影響。」

時悅穎心裡一甜。自己的現成老公還真是體貼，遇到了這種怪事不是擔心別的，而是擔心她家的事業。妞妞不敢過來，她滿腦袋黑線。小蘿莉在心裡吐槽，這對夫妻果然應了俗話，不是一家人不進一家門，德行簡直一模一樣。人家都那麼慘的在求救，兩人居然還有條不紊不慌不忙的打屁閒聊，沒人想著第一時間去剪斷那些紅線。

不過，我喜歡！

小蘿莉偷偷看了女人下巴下的紅線一眼，頓時又打了個冷顫。

我不知道自己已經完全被小蘿莉誤會了。自己之所以沒動那個女人，是因為事情太詭異了，誰知道動了紅線後會不會出現更加可怕的事情。何況公司的老闆突然出現在員工出事的地點，這個地點還十分偏僻，這實在太難解釋清楚了。

現在最重要的，是弄清楚前因後果。

視線掃射四周，果然在附近找到一個小小的手提包。手提包打開後，女人的身分立刻大白。

她的名字叫孫影，二十八歲，本地人。手提包中除了身分證明外，就只剩下一些零錢，沒有其他東西，我甚至找不到她究竟是用什麼東西將自己和男性顱骨的舌頭縫起來的。方圓數十公尺內找不到針線，難道是她在家中縫合好後，有人將她帶到了這片荒野？

如果真是這樣，帶她來的人到底是誰，為什麼要這麼做？

事情越發的透出怪異的味道。

我輕輕皺眉後，搖了搖頭，「算了，還是報警吧。」

這個叫做孫影的女子體溫低得嚇人，想來已經在這兒待了一段不短的時間。以她的狀態，怕是沒有吃更沒有喝，體力隨時會耗盡。我找來野餐墊蓋在女人身上權當保暖用品，但不許小蘿莉和時悅穎移動她。

妞妞不時的偷看孫影，我覺得這小蘿莉眼中看到的女人恐怕和我們看到的真的不一樣。妞妞怕得厲害，而且老是躲在我身後，彷彿女人身上隨時有什麼會竄出來，將她死死的逮住。

時悅穎報警後靠在我身旁，「孫影的話，我記得。公司裡確實有這個人，但是早在一個月前就沒來上班了。招呼也不打一聲，公司高層正準備解聘她呢，沒想到居然成了這副模樣。」

既然要來分公司，她自然要掌握分公司的情況，怎麼說她也算是姐姐這家教育機構的副總裁。提前預習過分公司人員表的她回想著孫影的資料，原本挺清秀的一個女人，現在早已看不出照片上的樣子。

孫影感覺暖和了一些，用力想要抬起腦袋，可是舌頭被緊緊縫在下顎上，下巴又吊著一個腐爛的人頭，使這抬頭的動作完全成了不可能的任務。一動彈，男性人頭上的腐肉就會掉幾坨下來，甚至能看到發黑的眼眶中蠕動著幾隻肥胖的白蛆。

時悅穎看得險些吐出來。

我詫異於自己的忍耐力，看著這噁心的場面，居然完全沒有不適感。我仔細地打量孫影，直到警方趕來。

源西鎮不大，常住人口也不多，平時犯罪率相當低，因此警務人員十分悠閒。接到報案後警局派了一男一女兩個警察過來，一看到孫影的慘樣，兩人頓時倒吸了一口冷氣。

男警察看起來大約五十多歲，經驗豐富，他迅速的探勘現場，照相，幫我們三人做筆錄。而女警察一看就是警察學校剛畢業，同情心氾濫，看到孫影難受的模樣她也難受起來，焦急得團團轉。

「怎麼救護車還不來。」女警察走來走去，發現孫影已經奄奄一息了，急促的詢問老警察，「要不我們先對她進行緊急治療，我受過急救訓練。這位市民只是被針線縫合了舌頭和下顎，情況並不嚴重。只要剪斷紅線，她就能稍微吃一些東西，恢復點力氣。」

「這、這不太好吧？」老警察皺了皺眉，當警察幾十年了，這麼可怕的事還是第一次遇到。他下意識的覺得女警的處置不太妥當！從前聽自己的前輩講過，這世上並不是所有的刑事案件都很單純，如果遇到了超出理解能力的怪異案子，一定要慎重再慎重。

「她都快死了！」女警鄙夷的看了老警察一眼，「教官教導我們，一切要以保護民眾的生命安全為第一使命。你不敢的話，我來！」

說完女警就從警車上找來一把剪刀，朝孫影走去。老警察欲言又止，他不太敢阻止女警察。這個面容清純，富有正義感的小美女可是上邊特意派下來鍍金的，簡單來說就是，來頭很大。

看著女警來到孫影前邊，蹲下身，揚起剪刀正要剪斷紅線。我實在忍不住開口道：「警官，我勸妳不要這麼做。」

女警不滿的瞪了我一眼，「切，什麼人，看你帥帥氣氣的模樣，結果不像個男人。這位女士既然是你發現的，為什麼這麼長時間你都不救她，看著她受苦不說，還要阻止我施救。哼，現在的人簡直是道德淪喪，太骯髒了。」

說著，女警不聽勸告，一剪刀剪在孫影下巴的十多根紅線上！

就在紅線被剪斷的瞬間，極為恐怖的事情發生了！

只見孫影突然痛苦的掙扎起來，越是掙扎，下巴上的紅線勒得越緊。她滿是紅線的舌頭像是蚯蚓般亂動，被剪斷的紅線線頭斷裂了，一根接著一根的從下巴裡落下來。

血水順著紅線往外流，不停的滴落在這片冰冷的荒原上。

女警見孫影掙扎，立刻手忙腳亂起來。一慌亂就容易出錯，本來她第二刀是想要將孫影下巴上的紅線全部剪斷的，可是慌亂中卻剪在了男性頭顱伸出來的舌頭上。

孫影腦袋一揚，眼中滿是恐懼。她抬起來的下顎上吊著剪斷的腐爛舌尖，看得所有人不寒而慄。

「啊！」熱血女警哪見過這麼可怕的景象，她實在不敢剪第三刀了，手一鬆，剪刀「啪」的一聲掉在地上。

不過已經太遲了，孫影看著男性頭顱，眸子裡全是求生的欲望。就在這時，她黑漆漆的眸子中閃過一絲紅點，猛地，紅點突兀的從眼珠子上冒了出來，彷彿有什麼無形的力量在拉扯那根紅線，隨著孫影痛苦的慘叫，紅線不斷從眼睛裡被扯出來。

莫名從眼中拉出的紅線越變越長，最後以完全難以解釋、違反物理常識的軌跡將孫影和靠近她的女警籠罩住。

眨眼間的工夫，紅線組成了紅色的大繭，兩人的身影雙雙消失在紅繭中。下午的陽光直射在繭上，透出令人通體發寒的冰涼冷意。

老警察好不容易才反應過來，大叫一聲，朝紅線組成的繭衝過去，我也不顧時悅穎阻攔，跑了過去。

太可怕了，前後不到十秒鐘，孫影的身體裡就冒出了那麼多的紅線。這太顛覆常識了。

這紅線，到底是什麼鬼東西？

老警察跑過去後，顯然有些手足無措。他想要伸手將紅繭上的紅線扯掉一部分，可是手才接觸到紅線，那些紅線就如同有生命般蠕動起來，活像是無數條生長在骯髒臭水溝中的紅線蟲。很快老警察的手就被淹沒在不斷起伏的紅線中。

我從身上掏出一把瑞士刀，思量了片刻後，逮住一截紅線割斷。紅線被割斷後，變成兩截線頭迅速縮回紅繭中，大量紅線躍躍欲試，探出繭外想要將我這個攻擊者扯進去。

我看得頭皮發麻，不由得向後退了好幾步。這些紅線組成的繭根本就不是用剪刀和刀子就能夠切斷的，而且似乎無論將它們切成什麼樣，都無法將繭打破。明明只是紅線罷了，怎麼從孫影的體內出來之後，就變得無比怪異？

身旁的老警察已經被紅線纏住，有半個身子被拉進了紅繭裡。我沒有猶豫，一把抓住他使勁掙扎的左手，用力往外拉。

時悅穎雖然害怕，但更怕我出意外，她叫上妞妞也連忙過來幫忙，使勁兒的抱住我的腰往後拉。

紅線的力量很大，猶如中間已經成了真空，一切被捲入的東西都承受著整個地球的大氣壓，就算用盡全力拉扯老警察，他也文風不動，他的身體甚至逐漸被吞沒在紅繭中。我們三人只是在白費力氣罷了。

老警察異常恐懼，人對未知的事物都是害怕的。他被吞入繭中的右手痛得厲害，一顆顆的冷汗從額頭上滴落，碎在這片冰冷的荒原土地上。還好他還算冷靜，沒有胡亂掙扎。眼看事不可為後，老警察苦笑了一下，轉頭對我說：「小夥子，放手吧，再不放手你們也會被捲進去的。」

我聽完他的話，默然了片刻，便果斷的放開了手。

明媚的陽光下，這充滿著詭異的一幕繼續上演著。沒多久，老警察的肩膀也消失了，他大罵道：「媽的，沒想到老子就快要退休了，卻莫名其妙的死在這鬼地方。」

劇烈的疼痛令他湧起了赴死的決心，他用空閒的手摸索著，將槍拔了出來，「要死，老子也要自己死。」

他將槍口對準太陽穴，就在絕望的想要扣動扳機的瞬間，突然感到被拉扯的手一鬆，老警察立刻把手縮回。還來不及查看沒入紅繭中的手和肩膀的情況，他整個人頓時目瞪口呆。

就連紅繭周圍的我、時悅穎和妞妞，也難以置信的瞪大了眼睛。

只見紅繭表面如潮水般湧動著，像是裡邊有什麼可怕的東西在掙扎。當自己看清楚那掙扎的東西時，隨即嚇了一大跳。

那居然是兩張臉，兩張扭曲變形的臉。那兩張臉已經很難判斷出樣貌，而且還是由無數紅線組成的，但就算這樣仍舊能辨認出應該是一男一女。

怪了，紅繭裡明明只有孫影和熱血女警察兩個女孩子，哪裡冒出來的一男一女？難道那個男人，是縫在孫影下巴底下的男性頭顱？

還沒等我想明白，紅繭竟開始跳躍。無數根紅線在紅繭上跳來跳去，讓兩個人的頭變得更加清晰。

人頭的眼睛不約而同，看了妞妞一眼，然後將視線轉到時悅穎身上定住。女孩嚇得哇哇大叫，連忙躲到我身後。

兩個人頭的眼神令時悅穎膽顫心驚，讓她連雙腿都微微發抖。不知為何，女孩總覺得那視線裡飽含著某種含義，令人不寒而慄的含義！

紅繭在人頭躍動了幾下後，再也無法保持原本完美的繭狀形體。它猛地往上一竄，足足竄起了至少兩公尺高，接著化作無數根斷裂的紅線，在空中飛散，有些被荒原上冰冷的寒風一吹，捲入了空中。

而有些則落在點綴著些許綠意的荒涼土地上，衰敗的黃色與代表生機的綠色中夾雜著零落的紅，詭異莫名，看得我渾身一陣陣的發冷。

地上，原本被紅繭包裹的兩個女人身形露了出來。熱血女警的身體壓在孫影身上，老警察還在一旁發愣，顯然還沒從剛才的驚訝中回過神。反而是我先走上前去，檢查兩個人的狀態。

熱血女警察的心跳與脈搏都很正常，從警察制服中裸露出來的皮膚上也看不出任何異常。

但是孫影，卻已經死了。死得很慘。

她的衣服上全是破洞，能看到原本白皙的皮膚上佈滿針孔，密密麻麻的足夠讓密集恐懼症患者發瘋。我粗略的檢查了一下後，頓時皺緊了眉頭。

孫影的死因，自己無法判斷。但是從她凹陷進去的肚子來看，可以想見內臟部分，可能出了極為可怕的問題。

這時候老警察總算是回過神，他連忙走上前檢查同僚和孫影的狀況。女警察雖然沒有問題，可卻昏迷不醒。

孫影的死令老警察驚悚不已，他一邊打電話請求警局支援，一邊將我和時悅穎三人遠遠隔開，拉出了警戒線。昏迷的女警察也被他抬到警車上。

其後的事情，就顯得非常混亂不堪。警局派了人來，也幫我們做了筆錄。大部分的人完全不相信老警察的話，對我們三人的筆錄也存疑。

我和時悅穎相視苦笑，有時候說真話，也是件辛苦的事情。

自己趁著警方混亂的時候，用保鮮袋裝了一截地上的紅線。紅線在陽光下反射著猩紅色的光澤，怎麼看都覺得普通。如果不是清楚的知道它的來源的話，所有人恐怕都只會認為它是哪個地攤上買來的。

畢竟，這截紅線和任何店裡買來的縫衣線一模一樣，沒有任何外觀上的差別。

回到家時，已過了晚上八點。快樂的野餐被怪異的突發狀況打亂，也沒有在外邊胡亂吃晚餐的心情，時悅穎乾脆下廚做了些家常小菜。

而我手邊擺放著那一截被封入封閉玻璃瓶中的紅線，一邊看，一邊繼續陷入沉思中。

一個疑問一直縈繞在心中堵得慌。

這紅線到底是什麼。為什麼會像生物一般湧動。
最重要的是，為什麼會如同寄生蟲似的從孫影體內鑽出來。
孫影生前，到底發生了什麼可怕的事？

第三章 化驗

我撿到的那一截紅線，是典型的針線。所謂縫衣線，幾乎每家每戶都有。古時候的縫衣線是棉經過無數次揉撚而成，現在的縫衣線基本上全是化學纖維了。

時悅穎家的公司叫做博時教育，取自時女士和她丈夫的姓。公司主要業務是進行各種教育培訓，頗有規模，在很多地方都有分公司。而其中最大的兩家，要數位於江陵市的總公司，以及時悅穎和時女士老家的源西鎮分公司。

源西鎮地處西南，雖然是鎮，人口卻不少，常住人口足足有七十幾萬。而且這裡普遍重視孩子的教育，在兒女身上花錢很捨得。所以全國有名的教育連鎖公司紛紛在這裡設立分公司，相當競爭。

博時教育位在鎮上的黃金地段，投入重金買了一棟七層大樓作為上課地點。其中包含公務員考試、考研培訓和各種文理科培訓……等，而當中最重要的，要數大學重考。

對大學考試失利，或沒有考上想考的學校學生，他們都有重新再將整個高中課程複習過，以便再考一次大學的需要。有需要就有市場，而博時教育旗下有幾個不錯的老師，自然在重考生市場上很有優勢。

博時教育教學大樓的第七層，是住宅區。許多外地老師都住在這裡，而我、時悅穎和妞妞便留宿在一間三房一廳的宿舍中。

看著落地窗外燈紅酒綠的源西鎮，我如同嚼蠟般的吃了晚飯。飯後，眼睛依舊一眨不眨的看著玻璃瓶裡的紅線發怔。

「還在想下午的事情？」哄完妞妞睡覺的時悅穎走過來，用手揉了揉我的太陽穴。她的指尖有些涼，柔嫩的手指接觸在皮膚上，很舒服，舒服到讓我不由得放鬆了下來。

「時悅穎，這裡有化學試驗室吧？」我突然問。不知為何，自己對這截紅線就是很在意。總覺得紅線中隱藏著某種說不清道不明的威脅感。

而且，紅繭中冒出的兩個人頭為什麼會死盯著時悅穎？至今我仍舊搞不懂。

時悅穎詫異的問：「你找化學試驗室幹嘛？」

「想化驗一下這截紅線。」我輕聲道。

透過透明的玻璃看著我偷拿回來的紅線，女孩猛地打了個冷顫：「這東西還是扔掉吧，從人身體裡跑出來的玩意兒，絕對不是什麼好東西！而且，而且……」

女孩臉上流露出恐懼的神色，「一看到它，我就心跳得慌。」

「所以我才想知道，這究竟是什麼東西。」我輕輕拍了拍她的肩膀。

女孩沒有再反對，「三樓有間化學教室，設備都是教學用的，不知道能不能符合老公你的要求。」

「應該足夠了。分析這段紅線的材質，一架高倍數顯微鏡和一些普通的化學試劑就行了。」我點點頭，讓時悅穎帶路。

博時教育也有晚自習，不過通常九點整就下課了，一到九點半，整棟大樓就會關門熄燈。搭乘電梯來到三樓，電梯門外全是黑洞洞的夜色。除了玻璃窗外照進來的夜生活顏色外，就只剩一片死寂。

長長的走廊瀰漫著陰冷，每一扇窗戶，都猶如一隻怪物的眼睛，靜靜趴伏在黑暗裡。

由於熄燈的緣故，走廊的感應燈不會隨著人的走動而亮起。時悅穎有些怕黑，不由得緊緊抱住了我的胳膊。

黑暗並不會帶來危險，危險總是出現在最意想不到的地方。直到化學實驗室前，時悅穎都沒有放開過手，她豐滿柔軟的胸脯一直壓在我的胳膊上，很溫暖。雖然女孩說自己是我的小妻子，可除了第一天將我撿回來時赤裸裸的替我洗過澡後，就再也沒有其他行動。

這一次親密的接觸，兩人一瞬間都有些享受。

可是接下來時悅穎的一句話，卻將這種溫馨破壞得一乾二淨，「小奇奇，我已經要人將孫影的資料送過來了，人資室的員工，明早就會給我。」

我點點頭，推開了化學教室的門。

「那個，你覺得孫影身體裡的紅線，究竟會是什麼鬼東西？」女孩吞吞吐吐的問。

「不清楚，所以我才想弄明白。」我回答。聲音很小，但卻在這空蕩蕩的安靜空間裡顯得特別刺耳。

化學教室沒有燈，我將手電筒打開，權作照明。

「紅繭上的兩個人頭，讓我很害怕。」時悅穎一咬牙，總算將埋在心底的話說了出來，「那兩個人頭一直盯著我，其中一個，我老覺得像前段時間那張詭異照片中棺材鋪裡的駝背老頭。他張嘴，似乎跟我說了一句話。」

我本來正擺弄著一臺光學顯微鏡，猛地聽到了她的話，不由得轉過了頭，「它在跟妳說話？」

自己也注意過紅繭上那兩個人頭，一男一女兩顆頭根本看不出模樣。可我一直猜測其中一個是孫影，而另一個是孫影下巴下被紅線縫住的男性頭顱。難道時悅穎看到的東西，和我眼睛看到的不同？

「是，它真的在跟我講話。雖然它沒有發出任何聲音，但是我卻聽懂了！」一想到這，時悅穎就渾身不停的發抖，她怕得要死。

「它說了什麼？」我的聲音頓時凝重起來。

「它說，它說……」時悅穎的語氣頓了頓，好不容易才將那句話脫口而出：「它說，就快要輪到妳了！」

聽到這句話，我的眉頭使勁兒一皺。這是什麼意思？難道發生在孫影身上的事情，也會發生在時悅穎身上？這是一個預言？可，為什麼！孫影和時悅穎明顯沒有關聯，她在這之前，甚至連自己的分公司裡是否有這個人存在都不清楚。

孫影身體裡爆出的紅線，怎麼會和時悅穎扯上了關係？

事情在瞬間變得撲朔迷離起來。

看這女孩在我身旁瑟瑟發抖，我於心不忍的伸出手，將她摟在懷裡，輕聲道：「放心，我會保護妳的。這件事，我會儘快釐清當中究竟隱藏著什麼詭異的秘密！」

「嗯！」女孩的小腦袋在我的胸膛上磨蹭了幾下，低聲道：「嗯。我相信你。小奇奇，我知道你會像幾年前那樣保護我們，有你在身旁，真好！」

「好了，在一旁乖乖坐著，我先看看這根從孫影身上弄來的紅線到底是啥玩意兒！」我摸了摸她的小腦袋，女孩真的安心了，拖了一張鋼管椅在我身旁坐下，一隻手用手電筒替我照明，一隻手撐著頭，滿臉幸福。

女人的小幸福永遠都這麼簡單，一句話，一個動作，有時甚至不需要心上人說話，只要一個眼神，女人就會莫名其妙的安靜下來。恐懼不在了，害怕沒有了。只剩下眼裡的他。

自己的他在調整著顯微鏡，自己的他用鑷子將玻璃瓶裡的那截紅線小心翼翼的夾出來，自己的他將眼睛湊到顯微鏡前仔細的觀察著。

有人說認真的男人最帥。時悅穎覺得自己的男人無論怎麼樣都是最帥的。帥到令自己害怕。不錯，時悅穎突然又害怕起來。前一瞬間滿心中都充滿了溫馨，而後一秒鐘，就再次怕得要死。

她不怕死，卻怕自己的小奇奇，再次離開……

無論如何，都不能再讓他離開了。女孩拽著小手暗暗發誓。她的眼中，自己男人的側臉在手電筒的光芒下散發著柔和的魅力，她一眨不眨的看著他，認真的，出神的看著。

她的整個世界，再也沒有其他。

絲毫沒有注意時悅穎不斷變換的神色，我一直專注在利用顯微鏡檢查這一小段紅線。沒看多久，本來就皺緊的眉頭，皺得更緊了。

這段紅線和看起來的一模一樣，很普通，用的是化學纖維。

所謂化學纖維，定義廣泛。有的用天然的，有的用人工合成的高分子物質為原料，經過化學以及物理方法加工製成。因所用的高分子化合物來源不同，可分為以天然高分子物質為原料的人造纖維和以合成高分子物質為原料的合成纖維。而這根紅線的材質就是後者。

人造高分子化合物被製成溶液，從噴絲頭細孔中壓出，再經凝固而成纖維。這種纖維很好製造，也隨處可尋，絲毫沒有它從人體中鑽出來那麼可怕而富有震撼力。至少源西鎮的工業區，有許多小工廠都能將其生產出來，這也就意味著，自己根本找不到紅線的製造來源。

從材質上無法得到線索，我輕輕搖了搖頭，暗忖不知道在紅線的染料上能不能找到蛛絲馬跡。

既然線的材質是化學纖維，那麼染料也極有可能是合成染料。我一邊想，一邊利用化學教室中的常用試劑配製了一些藥水，小心翼翼的準備將紅線剪斷一截後，扔進去。

在剪之前，我和時悅穎同時心裡一緊，害怕再次出現可怕的事情。哪想到紅線如同普通的線一般，輕易就被剪刀給弄斷了，普通的一如隨著孫影的死亡，它也死了似的。

這一小段紅線被我丟進藥水裡，隨著我手的搖晃而在試劑中上下翻滾。過了幾分鐘，我眉頭一壓，頓時驚訝起來。

「怎麼了？」時悅穎緊張起來。

「怪了。」我十分不解的說：「這根纖維上用的居然不是化學染料。」

「不是化學的，難道是天然的？」時悅穎也愣了一愣，她的知識也算廣博，自然知道只有化學染料才容易附著在化學纖維上。天然染料想要浸入化學纖維的材質，就像水想要透入塑膠一般，十分困難。

「確實是天然的染料。咦，怪，太怪了！」我再次配製出一種檢測天然染料的簡單試劑，這一次紅線上的紅仍舊沒有溶解，「這種紅色染料，用的不是常見的鐵離子，反而像是某種植物。」

這個發現完全超出了我的想像。

「不是鐵離子，什麼意思啊？」前一句話時悅穎還能聽懂，後一句話她就有些迷糊了。

「我知道！我知道！」突然從化學教室門口唐突的傳來一陣脆生生的聲音，把我們兩個給嚇了一大跳。

「妞妞，妳、妳怎麼起來了？」時悅穎轉過頭，看到黑暗的門口站著一個矮小的身影。

妞妞抱著一個可愛的洋娃娃，一臉沒睡醒的慵懶模樣，還一直揉著漂亮的大眼睛。

「我起來尿尿，沒見到你們倆，就想某兩個成年人肯定是背著妞妞跑出去玩兒童不宜的事情。哼哼，沒想到真被妞妞逮個正著。」妞妞氣呼呼的說。她走過來，硬是擠進我和時悅穎之間。

自己一陣無語，這小蘿莉太早熟了！

「人小鬼大！」時悅穎罵了一句，突然臉上一紅，她這才發現自己的臉只和我距離了幾公分，似乎只要一噘嘴，就能吻到我的嘴巴上。這讓她不由得暗叫可恨，多好的機會啊！

我沒察覺到女孩的異樣和懊惱，順手揉了揉妞妞的小腦袋：「妳怎麼找到我的？」

「嘻嘻。」妞妞說出了真話：「小奇奇哥哥人倔得很，妞妞猜你不弄清楚這根紅線到底是什麼，晚上肯定會睡不著。結果下樓一找，差點就捉姦在床了。嘻嘻，妞妞聰明吧！」

我笑起來：「說真話。」

妞妞嘟嘴道：「哎喲，小奇奇哥哥，女人都是有自己隱私的。」

時悅穎也明白了過來，噗嗤一聲大笑道：「妞妞，我看是妳一個人待著睡不著，怕了吧！」

妞妞瞪了自己的阿姨一眼，古靈精怪的轉移話題，「我知道剛剛小奇奇哥哥想到了什麼喔。現在化學纖維上所用的染料，基本上已經找不到天然染料了，在某些特定的地方非要用到天然染料的，也大多是以含赤鐵礦為主的染料試劑為主。而植物染料，如果不使用輔助性質的媒染劑的話，極少能成功黏附在化學纖維上。」

「妞妞的解釋沒錯！」我點點頭。

「那是必須的，妞妞厲害著呢！」被讚揚了，妞妞立刻驕傲的昂起了小腦袋。

「最令我不解的是，這根紅線上，並沒有用到任何媒染劑。」我一邊說，一邊再次調製了第三種試劑，在這個試劑裡，紅線仍舊沒有絲毫褪色。試劑無法溶解線中的染料，也令我更加疑惑起來，「沒有用媒染劑，植物染料卻能死死的附著在化學纖維上，而且就算在高酸和高鹼的情況下都不褪色，我甚至都要覺得，這根紅線上的紅，恐怕在任何環境裡都是永不褪色的。簡直就是染料業的一大史詩級發現！」

「這種發現，根本就不可能吧。」時悅穎還無法理解自己這番話中隱藏的含義，但是六歲的高智商小蘿莉卻明白了，她咬著手指想了想，然後使勁兒的搖頭，「人類利用天然染料，已經有數千年的時間了。哪種染料沒有發現過，何況還是植物染料。如果真有這種染料的話，高級服飾製造商肯定會發瘋的。至少，妞妞從來沒有聽說過這種染料！」

「是啊，我也完全沒有聽說過。」我也輕輕搖頭，本認為不可能的事實，清清楚楚的以實體證據的形式擺在眼皮子底下，我嘆了口氣，「紅線上的染料是從什麼植物而來的，這間化學教室中的設備根本分析不出來，我明天用快遞將它送到國家級的化驗室鑑定，如果知道了植物的來歷，或許能稍微清楚紅線的出處……」

說到這裡，我沒有再說下去。其實就算知道了紅線的來源，對孫影身上發生的事情，同樣也難以解釋。

最令自己在意的，終究還是不久前時悅穎說的那段話。她認為紅繡上其中一個人的臉，是屬於詭照片中，潛伏在棺材鋪裡的駝背男人的。

孫影是和時悅穎八竿子打不到一塊兒的人，難道她的死亡，真和身旁的女孩有關聯？我怎麼想，都覺得可能性不大。或許，是時悅穎最近擔驚受怕壓力太大，看錯了吧！

帶著妞妞離開三樓的化學實驗室回到了七樓的宿舍裡，我一直坐在客廳睡不著，已經午夜了，窗戶外的夜生活仍舊鮮活的上演著人間百態。恍惚間覺得自己像個局外人，有股不真實的感受。

失去記憶的人總會想許多亂七八糟的東西，我苦笑著倒了一杯紅酒，一飲而盡。本來是很想隨遇而安的，真的和時悅穎結婚，生個小孩其實也不錯。有個很有個性的聰明外甥女妞妞；有個雖然話不多，但是很實在的大姨子時女士；還有個溫柔賢慧雖然腦袋經常犯傻，但卻聽話體貼百依百順的時悅穎當妻子。

這樣的生活，其實沒什麼不好的。

可為什麼自己的心中，老是有一塊填不滿的空缺呢？為什麼總覺得如果不儘快找回記憶，那塊填不滿的空缺就真的會在某天永遠的消失，消失得無影無蹤，再也尋不回來。

一想到這裡，心底深處就隱隱發痛。

我再次將倒滿的紅酒一飲而盡。時悅穎不知何時從臥室裡走了出來，她見我怔怔的看著窗外，心痛的將我的酒杯搶下，「少喝點。親愛的，你又在想失去的記憶了？」

「嗯。」我微微點頭。

時悅穎長長地嘆了口氣，她漂亮的眸子看著我的臉，終究還是下了個決定。小奇奇閒著也是閒著，總會胡思亂想。還不如真的給他找一份工作，等他忙得焦頭爛額了，自然也就沒時間胡亂煩惱了。

她想了一會兒，這才道：「老公，你不是想工作嗎？我看你知識這麼淵博，智商也不比妞妞低。乾脆就在我們公司當個老師吧？」

「也好，男人是該找份工作養家的。」我點點頭。其實自己心裡明白，如果真的要找工作的話，自己能勝任的高薪工作一大堆，何必去當個低薪的講師？但是時悅穎的體貼令我無法拒絕。更何況，自己也煩透了閒著的生活。

第二天一早，時悅穎就興沖沖的拉著我到商店街買講師用的西裝和襯衫。妞妞一聽說要逛街，頓時雌性荷爾蒙爆發。小蘿莉果然不愧是雌性生物，將自己精心打扮得粉雕玉琢，完全不在乎我們帶不帶她去，心安理得的坐到了車後座上。

來到源西鎮的第九天清晨，露出了一絲曙光。

新的生活，開始了！

第四章 考試

當一名教師，其實是挺麻煩的。雖然本人失憶了，可是隱隱能夠感覺，自己的志向中，從來就沒有這一個選項。

想要當一名合格的教師，必須通過國家考試取得教師證。但是在私人的教育機構不用這麼麻煩，只需要通過公司的標準考試就行了。雖然時悅穎是博時教育公司的老闆之一，但是就因為是老闆，所以更加需要公事公辦。

她在我的要求下提高了考試的難度，順便也透過考試判斷我究竟適合教什麼科目。老實說，光就這一點，自己也挺好奇的。

考試地點在教學大樓的六樓，當我準時走出電梯時，就看到一個抱著一疊考卷的御姐走了過來。這位御姐穿著入時，胸前挺著兩團傲人的兇器，她瞥了我一眼，臉色似乎有些鄙視。

「呸，又是個靠女人往上爬的小白臉。」御姐輕輕的呸了一聲，完全不在乎我是不是聽到了。

她旁邊一個長相甜美的女人扯了扯她的衣服：「總監，小聲點。」

「我聲音就這麼大，而且說的是事實，幹嘛要小聲。」似乎是博時教育分公司總監的女子冷哼了一聲：「妳看這傢伙，根本就是典型的小白臉嘛。公司有正規的考試，他居然不放在眼裡，還要我們各科的老師專門為他一個人出考題。簡直太混蛋了，最近忙得很，競爭也大，為什麼我們一定要為他開後門？時悅穎也是，平時挺聰明幹練的，怎麼一提到這個小白臉就沒得商量了？肯定是被這個小白臉的花言巧語給迷住了！」

長相甜美的女人笑得更尷尬了，「總監，人家都聽到了。」

「就是想讓那個人聽到！妳看看他，都來這裡幾天了，什麼事都沒幹，盡大手大腳的用悅穎的錢。悅穎居然還一臉樂意。她腦袋簡直是秀逗了！」幹練的總監轉過頭，用「我看不起你」的赤裸裸表情盯著我，聲音又提高了幾度，「告訴你小子，如果你敢傷害悅穎的話，老娘抽了你的筋剝了你的骨，把你塞到麻袋裡扔進源西河中回歸大海。」

站在一旁的我不知道該哭還是該笑，從外人看來，自己恐怕真的像小白臉多一些。就因為最近幾天察覺到了旁人詫異的眼神，我才主動提出要工作的。自己不想給時悅穎增加麻煩。

「好啦，好啦。」長相甜美的女人將我扯到一邊，抱歉道：「那個……」

她低頭看了看簡歷，「奇奇先生，咦，你的名字還真怪的。算了，名字什麼的都無所謂。我們總監別看她兇巴巴的，人其實很好。就是太擔心悅穎了，她可是博時教育的老員工，最近因為源西鎮上的競爭越來越大，弄得月經失調，精神焦躁。你就當她的話是放了一個臭屁吧。」

御姐總監使勁兒跺了跺腳，「小涼，妳跟這小白臉說這些幹嘛。」

叫小涼的女子笑嘻嘻的衝我點點頭，突然語氣一轉：「不過，奇奇先生。如果你真的只是想玩玩我們家悅穎的話，勸你還是打消這個念頭的好。時家女人不好惹，她們只要愛上一個人，就永遠都不會變心。如果男人變心的話，她們雖然也不會對你做什麼，但是卻會對自己很殘忍。她們永遠都不會再愛，更不會和別的男人結婚生子。有時候，我都覺得時女士和悅穎一家，是不是真的被詛咒了。」

她深深地看了我一眼，「所以，要跟悅穎過日子的話，就好好過。否則剛才總監說的話，如果成真了，我可是完全不會阻止的喔。甚至還會替她拿繩子綁麻袋呢。」

女人用甜美的語氣說著陰森森的話語，由於反差太大，令我突然從腳底到頭頂都冒出了一絲毛骨悚然感。

我很無奈，但仍然沒有點頭，也沒有搖頭。對於時悅穎對自己的感情，我清楚得很。但是我的感情呢？

至今，我也只是感覺很複雜罷了。不抗拒，也不敢接受。

感情這種東西，不是智商高就能分析得透徹的。聰明如我，也在這場荷爾蒙的分泌競賽中，變得一場糊塗，亂七八糟起來。

見我沒有表態，小涼和御姐總監同時都有些失望，對我的語氣更加冷淡起來，「進去吧，考試開始了。」

她們倆的表情中似乎決定了一件事，一件對我不太有利的事情。兩人等我入座後，將本來放在上面的一疊考卷明目張膽的推到一旁，然後把多達四十張的考題重重扔在我的桌子上。

「限時兩個半小時，現在計時開始。考試在十一點半結束。由我和小涼兩人監考。」御姐總監面對監視器鏡頭，一臉嚴肅的說道。博時教育的考試，無論是學生小考還是老師資格考，都會以監視器全程錄影，杜絕作弊和監考老師失職的可能。

我簡單翻了一遍試卷，頓時苦笑起來。混蛋啊，這兩個傢伙實在是太可惡了。四十幾張考卷，每張上都有五十幾題選擇題，單選多選都有，文科甚至還有申論。而理科部分，居然還有博士資格考程度的複雜計算。這哪裡是準備應聘教師啊，單單最後的幾題計算題，恐怕都能讓研究生頭痛幾個小時了。

兩個半小時，普通人恐怕就連十分之一都做不完吧。

這兩個混蛋完全是想要將我趕出博時教育的嘛。時悅穎明明說只是綜合性的幾個測試，考卷不超過六張。該死，試卷顯然被這個美女總監偷樑換柱了。

我暗暗吐槽，但也沒有抗議，更不想浪費時間，索性埋頭寫起來。

美女總監和小涼見我提起筆就開始作答，臉上不屑的表情溢於言表。

「果然是個沒知識沒內涵的白癡小白臉，真不知道悅穎看中他哪一點！」御姐總監呸的一聲道：「就算是有點常識的人，也看出來試卷有問題了。」

「算了，他連筆試都無法通過，或許悅穎也會對他失望吧。總之這件事，我們一定要瞞著她。」小涼很失望。這個男人雖然看起來順眼，但果然還是繡花枕頭一個。唉，現在博時教育面臨各方的壓力和競爭，早沒了當初的風光，甚至有些外強中乾，最近又詭異的死了個老師，已經承受不起白癡空降兵的折騰了。

能將這個沒常識的小白臉趕走就好。哪怕時悅穎犯嘀咕，但是公司的規章制度在，以女孩的性格，最終還是會無可奈何的算了。

美女總監和小涼的四隻眼睛就算是聊天，也沒離開過我的四周。我聚精會神的做著試卷，一張又一張，遇到簡單的基本上不用考慮就能得出答案，遇到稍微複雜的問題，也只是微微一思考，就搞定了。

看起來厚厚的試卷，我做得異常輕鬆。四十幾張試卷，涉及了數理化多達十多個方面的常識以及非常識性的問題，涉及之廣泛，簡直達到令人吐槽的最高極限。我不光詫異這兩個傢伙究竟是從哪裡搜羅來的考卷，更對自己知識面之廣博感到震驚。

試卷上的問題，似乎沒有一題可以難倒我。沒有失憶前的自己，究竟是什麼人？對自己遺失的記憶和身分，我越來越好奇。而且，越是好奇，越覺得自己恐怕並不是單純的像時悅穎說的那樣，僅是她的丈夫。

美女總監和小涼根本就不認識我。時女士第一次見到我的表情，也很怪異。就連妞妞，從她身上能夠看出許多東西。

我一邊想著亂七八糟的東西，一邊考試。其間時悅穎不放心的跑來過幾趟，不過全被小涼以考試期間關係人不准隨意進入六樓為由給搪塞過去。

不過御姐總監和小涼看到我認真寫試卷的表情，心裡也是七上八下。

「這傢伙不會真的會寫吧？」美女總監舌頭有些打結。

「絕對不可能，我看過試卷。這些題目我要是能答對一半就夠笑傲江湖了！」小涼完全不信的搖腦袋：「我看他也是裝個樣子，在瞎猜。小白臉沒本事，怎麼會將悅穎這個小傻瓜富婆給騙到手的。」

「不知為何，我總覺得有些不安。」御姐總監臉色忐忑。

距離考試時間結束還有半個小時時，我已經將全部四十幾張試卷做完了。輕鬆的伸了個懶腰，我站起身。

「喂，你幹嘛。考試期間不准東張西望，就算是想上廁所也不行，給老娘憋住！」

我一臉無辜，「報告，做完了。」

御姐總監衝著我河東獅吼了一聲。

「都跟你說了，不許反駁，坐下……啊，你剛才似乎說了什麼？」御姐的聲音頓了頓，顯然覺得自己的耳朵出了問題，聽錯了。

「報告，做完了！」我又重複了一次。

「怎麼可能，四十幾張試卷，就連我都……」美女總監話沒說完就被身旁掐了一下，她只得將後邊的話硬生生的吞回去。

「做完了就好，你等一下。」小涼笑眯眯的走上前把試卷收走。

她一邊打電話要閱卷老師上六樓來，一邊隨手翻著考卷。令她詫異的是，每張考卷居然都寫完了。就連申論都寫滿密密麻麻的好看字跡。這讓小涼不寒而慄，該不會這個小白臉真的有模有樣的在考試吧？

御姐總監滿臉不悅的看著閱卷老師魚貫走進來。博時教育的一大特色是每場考試都會當著應試者的面閱卷，杜絕閱卷老師作弊或者對某人心生不滿而產生的主觀問題。一旦進入了閱卷，就連美女總監和小涼這兩個公司高層都無法干涉了。

五個閱卷老師每人分了八張考卷，才一看考題就詫異的紛紛抬頭看了我幾眼。我無聊的撐著腦袋，大腦裡飛速運轉，思考著最近的怪異事件打發時間。

「這麼多，這麼難的考題，都是一個人答的？太不可思議了！」其中一個閱卷老師跟小涼很熟，悄聲吐槽，「妳們跟他到底有多大的仇恨啊，他搶了妳的男人還是殺了妳的雙親？還是準備毀滅地球了？妳要用這麼難的試題刁難他！」

小涼和美女總監臉頓時一紅，罵道：「快點閱卷。」

閱卷老師輕輕一搖頭，開始在試卷上打鉤，打鉤，又是打鉤。整張試卷都改完了，居然沒有一處錯誤的地方。

御姐總監繞到閱卷老師身後，越看越心驚。不遠處靜坐的男人，他竟然每一道題都答對了。這怎麼可能！要知道這些試題的難度之高，恐怕集合整個博時教育所有老師一起答題，都無法在兩個半小時內做完。

而這個小白臉，不但寫完了，而且至今都還沒有答錯的地方。他絕對作弊了！

美女總監怒氣洶湧的準備走上前來罵我一頓，小涼連忙使勁的抱住了她。

「總監，我知道妳在想什麼，妳在想奇奇先生肯定是作弊！」小涼低聲道。

「廢話，不是作弊的話，正常人能答對這麼多？我可以很驕傲的告訴妳，我一張都做不完。他沒作弊的話，我就把整棟廁所裡的屎都吞下去。」總監破口大罵。

可是，小涼接下來的一句話，就彷彿一盆冷水自她腦袋上淋下，徹底恢復理智。

小涼苦笑著說：「可是就算是悅穎告訴他試卷的答案，他知道的也會是我們原本預備的六張試卷。後來的四十幾張，明明是我們臨時換給他的。要知道，那可是我們學校整整一年份，準備混入各種考試裡的重點問題啊！不要說時悅穎，就連我都沒仔細看完過。我敢說，沒人見過這份試卷。」

御姐總監遲疑道：「妳的意思是說，他真的是靠自己的？」

隨即又用力的搖動腦袋，「不可能，我才不信有人不作弊，能夠將這些試題做完。明明只是一個小白臉而已，他一定作弊了！」

「可是他根本就沒有作弊的機會，我們一直都盯著他。」小涼也難以置信。

一旁的閱卷老師看不下去了，帶著驚訝的語氣道：「不用猜了，他絕對沒有作弊。妳看申論題，題目雖然是固定的，但是我們的反作弊系統顯示，網路上沒有相同的切入點和關鍵句。可以證明這是他自己答題的，而且答案非常正確，值得作為參考標準。」

考卷很快就改完了，四十幾張試卷，一千多個題目，那個疑似小白臉的傢伙不但在兩個小時內做完，而且幾乎完全答對，只有申論題被扣了幾分而已。

這個結果令在場所有人石化，許久都緩不過來。

不知什麼時候溜進來的時悅穎笑得賊兮兮的，她的美目始終在我身上。妞妞躲在閱卷老師身後，大驚小怪的叫道：「小奇奇哥哥，以前我就覺得你很厲害，沒想到你這麼厲害。妞妞簡直佩服得五體投地，這些題目有很多妞妞都不會呢！」

時悅穎聽到妞妞的話，神情一凝，將桌上的考卷拿了起來。本來還挺興致勃勃的表情，頓時沉了下去。

「這是怎麼回事？」女孩臉色不悅的責問，聲音不大，可是立刻就讓御姐總監和小涼驚慌失措起來。

明顯比時悅穎年紀大很多的兩人侷促不安，像兩個做錯壞事被逮到的小孩子。

「我這不是怕妳年紀小，會被壞人給騙了嘛。這個小白臉……」美女總監小聲的解釋。

「他不是什麼小白臉，他有名字！」時悅穎加重了語氣。

「可是叫什麼奇奇，名字也太怪了。」御姐的聲音更低了。

「這個……名字的問題，先擺在一邊。」女孩不知道該怎麼解釋我的事情，但她的氣勢很盛，輕柔的聲音緩緩的傳開，讓教室中所有人都肅然起來。也令我有些刮目相看，時悅穎平時在我身旁總顯得很沒自己的性格，甚至有些盲從。但在手下面前，就露出了幹練，雷厲風行的態度。

「他是我的男人，茜茜姐、小涼姐，我知道妳們是為我好。但我醜話說在前面，按照股份江陵市的總公司是屬於姐姐的。而源西鎮的分公司，完全是我的私產。我這輩子都是小奇奇的女人，我的東西都是他的。」時悅穎聲音一頓，斬釘截鐵的說：「哪怕他將一切都敗掉，我也心甘情願。」

小涼有些怕了，「好了，悅穎。這次是我們倆不對。下次不敢了！」

女孩用力看了兩人一眼，然後看了看我，我隨即明白她的意思。御下的道理總是一下鞭子給一個紅棗。時悅穎抽了鞭子後，是想讓我遞紅棗了。

我立刻呵呵笑著，當起了和事佬，「悅穎，妳話說重了。茜茜姐和小涼姐也是為了公司著想。現在競爭那麼激烈，如果只是有關係就能隨便進公司，對公司非常不利。」

我輕輕一鞠躬，「感謝兩位對悅穎一直以來的照顧，今後，我有不足的地方，請不用客氣的儘管指出來。我會立刻改正的！」

這番話說得滴水不漏，讓妞妞和時悅穎都偷偷對我豎起了大拇指。我客氣的說了一大堆，卻全是空話，讓人找不到小辮子。

小涼拉著御姐微微一欠身，「請多多指教！我立刻著手安排奇奇先生的工作。」

「謝謝。」我點頭後，兩人就迫不及待的離開了。站在一旁的時悅穎氣場不是一般的強大，刺得她們倆難受得很。

御姐走過我身旁時，還惡狠狠的悄聲警告，「小心一點，不要讓老娘找到你作弊的證據！」

自始至終，她都不相信四十幾張考卷我是靠自己做完的。

等所有人都離開後，時悅穎突然笑了起來，笑得彎下了腰。

「妳笑什麼？」我詫異的問。

「我們真像是老夫老妻呢，默契極佳。」時悅穎吐著舌頭，燦爛的笑容照亮了整間教室。美麗的笑顏，令我炫目。

女孩的美很天然，不摻雜一絲雜質。

她往前走了兩步，輕輕地挽住我的手。女孩的臉距離我只剩下三公分，我甚至能看到她眼中眸子的年輪。彎月似的眼裡滿是濃濃的愛戀。我下意識的想躲開，但時悅穎的眼睫毛微微一抖，嘆著氣，手撫在我的臉側。

「親愛的，我們舉行一場婚禮好不好，一場很盛大，很盛大的婚禮？」她用極盡溫柔的商量語氣詢問。

我被她跳躍性的思考弄得腦袋頓時秀逗了。

她仍舊望著我的臉，「我一直都有個夢想，我會和一個自己很愛很愛的男人結婚。生一個很可愛的寶寶，和他一生一世一輩子，一起變老。我們會周遊世界，而我，會比他先死。因為親愛的，我再也承受不了比你多活一天的痛苦。從前是，現在是，將來同樣也是。所以，請原諒我的小任性，小自私。你要，比我活得更久，哪怕一天也好。那樣，我就不會受到失去你的煎熬了！那種痛苦，比活著更可怕！」

時悅穎的神色千變萬化，前一刻還欣喜著，後一秒便黯淡下去。如同明媚的陽光被烏雲蓋住，整個世界都失去了色彩。

我的心跳被她柔柔的語氣和香甜的體香攪亂，彷彿患了心律不整！

「上次撿你回來，我們沒有舉辦婚禮，你就消失了。這一次我絕不放手。所以，親愛的！」女孩仰起的頭離我更近了一些，紅潤的唇幾乎就要印在我的嘴上，我甚至能感覺到她氣息的溫度和幽幽馨味，「我們舉辦一次婚禮，好不好！」

「我……」自己實在不知道該怎麼回答。

「我知道你很在意自己失去的記憶，但是，上一次，你同樣也失憶了。說不定你的失憶症是一種間歇併發症呢。沒關係，我不會嫌棄你的。我會負責到底！」時悅穎將纖長的手指按在我的嘴上，自顧自的說話，完全不給我思考的時間。

「咳咳！」妞妞吃味的用力咳嗽了幾聲，「奇奇哥哥，阿姨，妞妞還在這裡呢。妳太不厚道了，都不給人家競爭機會，直接就想要把生米煮成熟飯。硬摘的瓜可不甜喔，今年據說離婚率又創新高了喔！」

「走，走，小孩子走一邊去。」女孩氣呼呼的衝自己的外甥女揮手，不過也順勢岔開剛才的話題，拉著我離開了。

看時悅穎的氣勢，婚禮這件事似乎已經被她跳過了其中一個當事人的意見，當作是排定議程，並提出時間表。我不斷苦笑。就算她真是我老婆，也不能這樣逼婚啊！

唉呀媽呀，女人這種生物，真是太難懂了！

第五章 冰冷的大小姐

又到了滿街飛舞著粉紅色櫻花的季節，每年的這個時候，源西鎮都會湧入許多遊客。櫻花是源西鎮的特色，每年三月底按時盛開，很美。

源西鎮的櫻花樹每棵都有百年歷史，就算是舊城改造也沒有將其砍掉。清晨的陽光帶著五彩光暈從滿是花兒的樹梢透下來，照射在一個披著黑色長直髮的絕美女孩頭上。女孩的臉上沒有任何感情色彩。她渾身上下都散發著刺骨的冰冷。女孩的美，就連這滿街飛舞的櫻花也黯然失色。

白色的衣裙映襯著粉紅色的花瓣，她所經之處，吸引了所有路人的注意力。

「大小姐，大小姐。等等我！」趙雪抱著兩個書包，吃力的追趕著大小姐的腳步。而這美麗的黑長直髮女孩身旁，有個長相帥氣穿著得體，二十歲左右的男子正殷勤的和她說著什麼。

女孩根本沒理會這個帥氣男子，甚至連看也沒看他一眼。

「小月，今晚和我吃個便飯好不好。源西鎮有家最出名的旋轉餐廳，聽說裡面的糕點都是以櫻花瓣為材料製作的，只有這個季節能吃到。妳不是不喜歡人多嗎，我把整層都包下來了。」男子笑嘻嘻的說，他雖然有權有勢，但每次站到這個冰冷的女孩身旁，總是不敢太過靠近。

女孩的美，女孩的疏離，女孩的冷，都令他心癢。可是黑髮女孩身上的排斥感，讓他覺得自己就像磁鐵的南極，女孩是氣場強大的北極。無論他如何努力也無法接近絲毫。但是他不甘心，他在之前的城市利用權力和手段，將無數窺視這個冰冷女孩的男人都扼殺在搖籃裡。

女孩毫無緣故的跑到源西鎮這個地處偏僻的鬼地方，他也完全不顧一切，甚至不在乎家族繼承權的跟了過來。

可是直到現在，女孩也從來沒有跟他說過一句話，甚至連看也沒有看過他一眼。似乎女孩的五感中，從來就沒有過他的存在。

這令男子很洩氣，但他不敢褻瀆女神，哪怕他有錢有權有一切，也不敢妄想得到女孩。只是希望，女孩能轉過頭，哪怕只看他那麼一眼。

可就這麼簡單的願望，彷彿也是奢望！

黑髮的冰冷美少女皺了皺眉頭，突然加快腳步離開了。趙雪抱歉的向男子鞠了個躬，然後小跑著離開，最後只留這個花癡男站在漫天飛舞的櫻花雨中。

長相帥氣的花癡男愣愣的，突然傻笑起來。太好了，真是太好了，這麼久以來，小月終於對自己的話有了一絲反應。

難道這是情況逐漸變好的趨勢？

先不管花癡男的胡思亂想了，黑色長直髮的美少女，並不是因為注意到了那個傢伙，而是看到了一個女人，一個挽著不高，但卻同樣很帥氣很有氣質的男子走入不遠處的博時教育教學大樓的女人。

女孩的秀目中根本沒有別人，只有這個漂亮溫婉的女子。

「時悅穎……」黑髮美少女猶豫著，走了幾步，居然像失去了所有勇氣般，硬生生的停下腳步。

「大小姐，妳怎麼了？」趙雪很驚訝，她來到源西鎮後，已經不止一次看到大小姐的臉上露出這種糾結的神色了。每看一次都會驚訝一次。這個女人，對大小姐而言，很特別嗎？

大小姐輕輕搖了搖頭，徑直走入博時教育的教學大樓，坐上電梯，直上五樓，在眾人的圍觀和尖叫中，步入教室。

高三二班，是教室的編號。整個班級一共有四十多個學生，都是重考生。備考的季節已經過了一大半，再過四個月，又要再次面對大學考試了。

而大小姐和趙雪，來到源西鎮，轉入這個班級也已經足足過了一個月之久。大小姐不再看黃頁，轉而調查起時悅穎這個人來。源西鎮博時教育分公司的法人就是時悅穎，大小姐對這個年輕的法人十分感興趣，她的事無巨細，全被大小姐收集了起來。

而本人，似乎完全不知道。

「喂喂，妳知道嗎，前些日子孫老師不是因為意外死了嗎？今天會來一個新的英語老師哦，據說挺帥的，和我們的年紀相差不大。」坐在趙雪前排的女生偷偷轉過腦袋，小聲對趙雪說。

黑髮少女的氣場太過強大，坐在她身旁的所有人不由自主的連說話都放輕音調。

「喔，新老師啊？」趙雪其實對這些完全不感興趣，她只在乎自己的大小姐而已。而大小姐顯然也完全不在乎老師這類生物，她皺著眉頭，不停地翻看著時悅穎的資料。

這份資料在這一個月中已經被大小姐翻看了無數次，但是記憶力超群，可以說是過目不忘的大小姐，卻仍舊一次又一次的看個不停。難道這份資料中能看出什麼新意來？

趙雪不敢吐槽，只是默默的和前排女孩搭話。其實她內心清楚得很，自己這種普通女生真的不容易交朋友，之所以能在高三一班突然湧出許多熱心的朋友，完全是因為大小姐的緣故。大小姐的性格獨特，人也漂亮到傾國傾城，大家都想跟她攀交情，更間接的令博時教育最近一個月的招生大爆滿。

可是大小姐排斥一切物質的氣勢，令所有人不自覺的忌憚。所以那些跟趙雪攀談的人，多半都是看中她是大小姐僕人的身分，想讓自己在他們與大小姐之間牽線搭橋。不過前排叫做焦鈺的女孩，倒是極少數真心和趙雪交朋友的人。

上課鈴聲響起沒多久，一個穿著博時教育男性教師制服的男子走了進來。

「大家好，我姓奇，名奇，大家可以叫我小奇奇老師。」

男子的聲音富有磁性，很柔和，也很好聽。不過名字怎麼會那麼怪？

這稍顯獨特的嗓音吸引得班上所有學生都抬起了頭。趙雪也不例外。她看到一個年輕的男子站在講臺上，這個男子有些小帥，也有些小清新，而且渾身上下都散發著一股不太好形容的魅力。

「大小姐，妳看，帥哥喔！」趙雪指了指新來的老師。

大小姐少有的抬頭看了看，然後又頓覺無趣的低下了腦袋，第無數次認真的研究著關於時悅穎的資料。果然，大小姐對男人無愛呢。她那麼在意那個叫時悅穎的女人，難道她才是大小姐的真愛？

腐女思維發散到了腦門心，然後就被趙雪扔了出去。這麼想，完全是對大小姐的褻瀆。不應該！簡直是不應該！不過這位新來的小清新老師似乎有些眼熟，很像是早晨被時悅穎挽著手腕，顯得很親密的男子。

趙雪用手撐著下巴胡思亂想，一天無聊的課程就在這個嗓音獨特的新人英語老師身上展開了。

她和班上所有人都心不在焉，可是聽著聽著，居然鬼使神差的被新人老師的話語給吸引了全部的注意力。

就連大小姐也再次抬起頭來，不由得聽起了課。

□

據說人生有無數次的第一次，我不知道自己是不是第一次當老師。但是對於失憶的我而言，一切都是新鮮的，作為老師也一樣。

很新鮮，也很有趣。

「我作為新任的英語老師，主要教大家英語。不過我的課，有些特別。」我拿起油性筆，在白板上寫了一段英文，「請大家先合上課本。我已經知道大家的進度，不過每個人對英語的理解都不同，所以，我們先從一個本人欣賞的小笑話開始講起。」

「小布希在宣佈攻打伊拉克前，曾經在記者會上宣佈：『我們準備幹掉四百萬的伊拉克人和一個修單車的。』CNN記者立刻問道：『一個修單車的？為什麼要殺死一個修單車的？』」

我一邊說，一邊在相應的英文單詞上畫線。一個男生立刻舉手提問，「老師，這個故事似乎和歷史不符合喔。而且，小布希為什麼要殺一個修單車的？難道是什麼政治陰謀？」

我笑呵呵的點點頭，「不錯，這個想法很好。記者會和電視機前的觀眾都這麼想，於是下臺後，小布希轉身拍拍鮑威爾的肩膀，『看吧，我都說沒有人會關心那四百萬個伊拉克人的死活了吧。』」

聽的人愣了愣之後，哄堂大笑起來。

我等他們笑夠後，用手輕輕一壓，等待大家安靜。然後在白板上又寫了幾個英文單字，用紅筆重點標註，「其實這個笑話好笑是好笑，但卻告訴了我們一個心理學上的哲理，並不是記者不關心四百萬名伊拉克人的死活，只不過要殺死一個修單車的事情超出了記者的過往經驗，他必須先把這件事弄清楚。而這個心理哲學，對所有人都有效。你看，你們不就都中招了嗎？」

我再次寫上了一些單字，並畫了一幅圖，用低沉的聲音解釋道：「心理學家海德和希梅爾曾在一九四四年讓一群大學生觀看由一組抽象幾何圖形移動的影片，然後讓這些實驗參與者報告他們剛才看到了什麼。在全部三十四名的實驗參與者中，只有一位用幾何術語來描述看到了什麼；而其餘三十三位參與者都把抽象幾何圖形的移動描述為有生命的生物的活動，其中大多數描述為人類的活動。

「所以，海德據此提出，他認為人們受兩種基本需求的驅動。一，形成對世界一致性觀點的需求；二，獲得對環境控制力的需求。」我一邊寫一邊勾畫，將自己提及的重點英文詞組標註出來，「正是人類這種對一致性和穩定性，以及預測能力和控制能力的渴望，使我們本能地傾向於給那些模糊的現象賦予確鑿的含義。

換言之，我們每個人的本性可能都不能忍受模糊性，有著一種賦予其確切解釋的衝動。當我們置身在一個未知的情境中，我們將無法預測也無法控制它，這會令我們感到不安。為了消除這種不安，我們會依照我們的經驗、預期和直覺賦予其解釋，將它納入到我們可預測和可控制的範圍中。

「用現代進化心理學的角度來解釋，人類的這種傾向顯然有著進化上的優勢。原始人面對未知的威脅時，比如洪水或山崩，他無法也不能理解洪水是如何席捲而來的，但人類的祖先會賦予其自己可以理解的解釋，如像猛獸一樣恐怖，像人一樣有意志的河神。既然是與人類一樣有意志的河神，那麼就可以向祂獻祭或禱告，使其減少對大家的侵犯和威脅。正因如此，人類得以在洪水氾濫的河曲地區生存繁衍，而且還發展出璀璨的文化。」

我為講臺下的學生講課時，自己同時也陷入了沉思當中。不錯，人類的本性從根本上講，不能忍受模糊性。自己的失憶症，卻讓自己的一切都蒙上了一層捅不破的磨砂玻璃，這種感覺非常不好受，甚至令我極為不安。

這也是失憶者，本能的會去尋找記憶的原始驅動力。缺失本身就是一種空缺，填補空缺，同樣是人類的本能。

正當自己的授課白熱化，臺下的學生聽得津津有味，並在自己的心理暗示下記住了我要他們學會的英文單字時，一雙白皙的手，突然舉了起來。

這雙美得令人窒息的手讓所有人倒吸了一口冷氣。所有人似乎都在驚訝！我的眼神望過去，突然一愣。手的主人是個絕美的女孩，美得令人無法找到詞彙形容。女孩的黑色長直髮反射著窗外的光澤。但她的周圍縈繞著刺骨的冷，和排斥一切的疏離感。兩種感覺混雜在一起，不但不會使人覺得矛盾，反而和諧共存著。

真是一個獨特的女生。

我回憶了一下進入教室前溫習的學生檔案，很快就想起了女孩的名字，「李夢月同學，對吧，妳有什麼問題要問？」

絕美女孩看了我一眼，但她的眼神卻又似乎並沒有真的落在我身上，而是穿過我，投射到無邊空虛的遠方。

「人，有，賦予，確切解釋的，衝動？」女孩輕輕吐出了一句話：「為什麼？」

「哪怕，不存在的，人。不存在的，記憶。也需要，解釋？

「為什麼，人類。一定，要為，自己，尋找，解釋？為了，滿足，自我？」

女孩的話冰冷無比，沒有抑揚頓挫，甚至沒有感情色彩。可是這番話卻引起了我的共鳴，不錯，人類為什麼要為一切事物都加上一個解釋呢？

「或許，人類本身就是這類矛盾的生物吧。」我苦笑了一下，聰明的大腦當機了似的，完全回答不了這個問題。絕麗女孩並沒有繼續追問，也彷彿對我失去了所有興趣，整堂課都低垂著腦袋，再也沒有看過我一眼。

而自己人生的第一堂課，也在學生的讚嘆中，成功的結束了。

下課後，我在時悅穎崇拜的眼神中走出教室。女孩用力挽住我的手，驚嘆道：「親愛的，你真厲害。第一次上課就把所有學生弄得服服貼貼的。要知道，這可是最棘手的班級。班上所有人都是最頂尖的呢！」

有些擔心教學品質的美女總監和小涼一臉尷尬，但同樣也驚訝於我的授課品質之高。

「看不出來喔，小奇奇，你名字雖然挺怪的，可是真的有吃這碗飯的天分。」小涼衝我比起大拇指，「我仔細看過你就職考試的試卷，有閱卷老師評價說，你至少懂十幾種外語。難道你真的會很多外語？」

我低頭想了想，肯定的說：「歐洲議會有一位首席翻譯官，據說能熟練的運用三十二種語言。我碰巧比他多一種。」

「你沒吹牛？」御姐總監和小涼同時感到震驚，難以置信的看著我。人類的精力有限，真的有人會三十多種外語？這個叫小奇奇的傢伙，究竟是什麼人啊！

我沒有回答她們的疑問，正準備按照課表到下一個教室。突然，從高三二班的教室裡傳來了一陣驚慌失措的尖叫，一大群學生臉上流露著無比恐懼的神情，一邊朝外蜂擁。小小的門堵住了後方同學的腳步，那些同學完全不顧形象，打破窗戶逃了出來。

走廊上的四人對視一眼，連忙趕了過去。

「安靜一點，各位同學安靜一些。」御姐總監焦急的維護秩序。學生明顯已經被嚇壞了，逃出來的人個個都瑟瑟發抖，甚至有膽小的蜷縮在走廊的角落，抱著肩膀哭個不停。

「究竟怎麼了？」小涼一改往日的冷靜，抓住一個學生問。

學生根本不回答，掙脫了她的手迅速朝安全梯跑去。

還好教室中的人不多，很快就疏散一空了。我和時悅穎四人不敢遲疑，連忙走進去。只見空蕩蕩的教室裡，語文老師正一屁股坐在地上，渾身都在顫抖。嘴裡的兩排牙齒不停打顫，發出不規律的碰撞聲。

「喂，到底是發生了什麼事？」御姐總監一把拽著女老師的領口，「李萍，妳是李萍對吧？說，快說，發生了什麼事？」

「茜茜姐。」女老師抬頭看了一眼總監，聲音抖得厲害。還沒等她說什麼出來，就聽見小涼尖叫了一聲，臉色頓時慘白一片。

她手徑直的指著教室的其中一個角落，什麼話都說不出來。

我們順著她手指的方向望去，所有人都嚇得猛地向後退了好幾步。

美女總監的身體晃動著，唇齒間湧上了無邊的苦澀感。腦袋裡只剩下一個念頭！

完了，博時教育！

要，完蛋了！

第六章 恐怖再現

教室裡究竟發生了什麼，恐怕要從高三二班的班主任李萍說起。

李萍今年三十歲，有正式的教師資格證，不過她不滿學校的低薪，乾脆加入博時教育。任教到現在，已經過去了五個年頭。

她對現在的一切都挺滿意的，直到發生了今天的事。

或許從今早醒來後，一睜開眼睛，就已經出現了預兆！

李萍睡醒後感覺身體有些不太舒服，可是敬業的她仍舊按時去上班。可一進入辦公室，拿起教案，突然覺得胃疼到不行。剛巧被美女總監碰到她捧住肚子叫痛，總監立刻將她送到附近的醫院。

醫生一檢查，張口就說：「妳這是營養不良啊，美女。」

御姐總監茜茜頓時瞪大了眼睛，看了醫生一眼，又看了一眼李萍，幽幽道：「公司裡那麼多人，已經找不出比這傢伙更能吃的了。只吃不長，浪費糧食不說，居然還營養不良！醫生，你幫忙醫一醫，醫不好就留在你們醫院當標本！我們家都快被她吃垮了！」

醫生爆笑，弄得李萍滿臉通紅。這個總監什麼都好，就是愛胡說八道。

醫生開了些止痛藥，她回到公司的餐廳稍微吃了兩大盤早點，這才感覺胃好了些。不過上課時間早到了，李萍只好連忙捧著教案趕到教室裡。

二班的三十幾個學生正在代課老師的指導下有條不紊的自習，李萍走上講臺，安心的放下教案，然後開始在白板上寫板書。

自習的學生很乖，不過這也能理解，大家之所以願意繳納昂貴的費用到補習班，就是因為都有考上理想大學的願望。時間在李萍寫板書的狀態下流逝，正當她準備轉身，開始講解板書的內容時，突然，前排一個女學生尖叫了一聲。

尖叫過後，便是一陣令人毛骨悚然的大笑。

「嘻嘻，呵呵，死定了，大家都要死了！」毛骨悚然的笑聲裡，夾雜著陰森的話。聽得李萍渾身爬滿雞皮疙瘩，剛想發聲呵斥發出怪笑的學生，可是聲音湧到喉嚨口時，整個人呆住了。

只見那個怪笑的女同學已經站了起來，一邊笑，一邊全身抽搐。嘴裡不停地流出紅色的鮮血。

不，那絕對不是鮮血。李萍揉了揉眼睛，終於看清楚女同學嘴裡的東西。那是無數根紅線，瀑布般的紅線不斷從女孩喉嚨深處往外噴湧。

「這、這是怎麼了？」李萍腦裡一片空白，不知道該怎麼反應，怪了，學生早餐到底吃了什麼，怎麼盡吐紅線出來？剛這麼一想，她才終於反應過來。正常人怎麼可能吐出那麼多紅線，又不是蜘蛛。

女孩周圍的學生明顯被嚇壞了，大家反射性的朝相反方向躲避。一個和女孩比較要好的學生顫抖著想要走上前，但是又不太敢，只能躊躇著不停地問：「文文，妳怎麼了。文文，文文！」

女孩的嘴已經被越噴越多的紅線塞滿，可是她仍舊能從鼻腔裡發出駭人的怪笑聲，完全違反了人體的構造。

「嘻嘻，呵呵。嘔！」在女孩的怪笑聲中，地上的紅線已經堆積起來，並如同蛇一般在地面遊走，纏著桌子，纏住了鋼管椅。紅線彷彿能嗅到人的氣味，最後抬起無數的線頭，窸窸窣窣的朝有人的方向竄去。

大部分的女生都被嚇得四肢癱軟，而怪笑女的面容早已扭曲，原本甜美的容貌消失不見，只剩下滿佈的青筋。女孩因為紅線堵塞了喉嚨而無法呼吸，此時她瞳孔開始擴散，充血的臉色難看到了極點。

或許是由於她在班裡的人緣不錯，也是許多男孩的夢中情人。眼看她上氣不接下氣，快要撐不住了，有個男孩實在忍不住，從口袋裡掏出一把小刀，抄到手裡就準備走到紅線堆中，將女孩嘴裡的紅線割斷。

膽大的男孩，腿剛接觸到紅線，就彷彿踩到螞蟻窩裡，所有線頭都回捲過去。紅線集合成一大團粗壯的觸手，以迅雷不及掩耳之勢纏在他的雙腿上。男孩尖叫一聲就被絆倒在地，腦袋重重的磕在了地上。鮮紅的血從他頭上流了下來，流了一地。男孩奮力撐起身體，手裡的小刀一揮，鋒利的刀刃隨即割斷了一堆紅線。

看起來結實的紅線扭曲得更厲害了，被斬斷的部分紛紛掉落，撒得到處都是。那些紅線真的像是被賦予了生命，即使在地板上也蠕動著，直至能量耗盡，才逐漸不再動彈。而和女孩連接在一起的剩餘紅線則越發的瘋狂起來，它們嗅到了血的腥臭，開始撲到那灘血液上。

男孩用力的割紅線，剛開始他還有些欣喜，紅線只是有些噁心詭異，但脆弱得要命，可是接連往前走了幾步後，情況變得有些不妙。吸收了他的血液的紅線，似乎將目標對準了他。

大量紅線噴湧過來，男孩根本來不及反應就被紅線浪濤淹沒。紅線堆中男孩拚命掙扎，但是完全沒有用處。無數根紅線將他牢牢捆住，紅線的線頭前仆後繼的從他後腦勺的傷口往大腦裡刺入。

男孩痛苦的不斷尖叫，沒有人敢過去救他，只能眼睜睜看著他的生命流逝殆盡，如同剛才那些被斬斷的紅線般變得了無生機。

他被紅線困住的軀體以肉眼能見的速度變得乾癟，脆弱的骨頭最終在紅線堆裡斷成了幾截。

整個教室的人都驚慌起來，這已經不能用詭異來形容了，這些紅線不但可怕，而且還有攻擊性，能殺人。一切的一切，都令所有的人發瘋。

「快逃！」人在危險中，往往會選擇最糟糕最不理智的直接選項。所有人大腦裡只剩下「快逃走」這唯一的念頭。混亂開始了，不停向後退的學生蜂擁著朝門口逃去。擠不到門口的學生乾脆砸破窗戶，跳窗而出。最可怕的是，許多人已經被嚇得神智不清，根本分不清哪邊的窗戶靠近走廊，而哪邊的窗戶不是。

他們只想逃。

逃出這個危險的密閉空間。

遠遠的逃離那些紅線。

教室裡的紅線吞噬自投羅網的男生後，線頭分成了幾束，每一束都在追捕教室中的學生。

有好幾個人在走投無路下，乾脆撞破玻璃窗跳下去。而窗外，迎接他們的是冰冷結實的水泥地面。一時間路上行人看到了難以置信的一幕。許多學生下餃子似的縱身從二十幾公尺高的窗戶裡跳出，幾聲尖叫，聲音都還沒有消失，身體已經重重的砸在了水泥地上。

血水、破碎的腦袋、雪白的腦髓和腦漿，濺射得到處都是。

而我和時悅穎四人跑進去時，看到的正是這一幕！

無數紅線已經將這個至少有一百平方公尺的空間堵塞了一大半，紅線的來源是個站在第二排座位旁的女孩。她靜靜的呆站著，表情呆滯，瞳孔放大，嘴裡大束大束的紅線已經停止湧出，但是女孩顯然已經出了問題。她完全沒有動，石膏像似的只是站著，透過沒有被紅線遮蓋的地方，可以看到女孩皮膚上的血管已經膨脹到暴露在皮膚外，一根根青到發黑的血管，如同一隻隻扭曲到極點的黑色蚯蚓。

大量紅線由她的口中堆積起來，從中間分成了五束，每一束的末端都纏著一個學生，三女兩男。這五個人的眼睛裡、鼻腔口、嘴巴中、耳朵洞都密密麻麻的爬滿了紅線。紅線從他們的五孔中刺入，甚至還有許多直接由他們的毛孔擠入，異常可怕。

光是看到都覺得頭皮發麻，更不用說這些人究竟承受了多少痛苦。

被紅線逮住的五人同樣沒有動彈，他們的制服被撐開，似乎身體內部嚴重發脹。一個個肚子變得很大。

教室裡一片死寂。

「完了，全完了。」詭異的一幕中，美女御姐顫抖著。就算看到如此恐怖的一幕，這位總監腦子裡還是在考慮著博時教育的未來。

教室裡大部分的玻璃窗都破了，不知道有多少學生從窗戶裡往外跳。可哪怕只有一個跳下樓，結果都令人不寒而慄。

我默默的呆了幾秒鐘，立刻回過神來，吩咐道：「茜茜姐，妳趕快下樓，統計一下究竟有多少學生跳樓。立刻報警，聯絡學生家長。」

「小涼姐。」我沒有轉頭，而是到工具櫃裡翻找起來，「立刻疏散所有學生。注意，是所有學生，最近博時教育關門停業，暫時不上課，直到搞清楚究竟發生了什麼事。」

教室裡發生了如此觸目驚心的怪事，顯然已經超出了正常人能夠理解的常識範疇。該死，紅線，又是紅線。前些日子才在郊區看到博時教育的一個女老師口吐紅線後死亡，今天居然又發生學生吐出紅線，而且還纏住了五個人。

所有事情都發生在同一家公司，如果非要說博時教育沒有問題，恐怕就連鬼都不相信。如果不先弄明白到底是怎麼回事，我怕會再次發生相同的事件，到時候博時教育跳進黃河都洗不清，那才是真的完了！

小涼與御姐茜茜在我沉重的聲音裡回過神來，連忙按照吩咐分頭進行。前腳剛跨出教室，後腳總監茜茜就回過神來，氣憤的道：「該死，我為什麼要聽那個小白臉的吩咐？明明這是悅穎的公司，她都還沒發話呢！」

「好啦，好啦。但是奇奇先生的吩咐，反而是現在最好的方案。就算是我在遇到了這麼恐怖的事情之後，一時之間也想不到這麼多。」小涼搖搖頭，本來發黑的臉色，稍微有些輕鬆起來，「公司裡有個能說上話的男人，還真是讓人安心呢。」

御姐哼了一聲：「小涼，妳這話什麼意思，明明自己也是女人，居然還重男輕女起來了。」

「哎，我們公司明顯陰盛陽衰，男人們都是基層，高層全是女性，有時候真的很累。千萬年的男女演化，雌性和雄性果然分工不同。」小涼淡淡地說：「不知為什麼，明明發生了幾乎可以說會毀滅公司的事件，可是奇奇先生在那兒一站，我就很安心。他那張天塌不驚的臉，真的會讓人平靜下來。說不定，他，能救公司。」

「總監，我覺得，自己有些能理解悅穎為什麼死心塌地的愛上他了！」

「小涼！」茜茜總監瞪了小涼一眼，「我才不承認他呢。算了，先處理眼前的事情再說。」

兩人依照吩咐分頭進行後續處理，而我也從工具櫃裡翻找出一把剪刀。剪刀很鋒利，我拿起它朝那堆至少有好幾噸的紅線走去。

剛走了幾步就毫不意外的被反應過來的時悅穎給牢牢拽住，「別過去！」女孩使勁兒的搖頭。

「我先檢查那些學生的生命跡象，如果不弄清楚前因後果，妳的公司會完蛋的。」我苦笑著解釋。

「完蛋就完蛋。」時悅穎仍舊搖頭：「哪怕公司倒閉，我也不要你出意外。哪怕失去一切也好，至少，我還有你！」

「笨蛋！」我摸了摸女孩的小腦袋瓜：「妳不是說要養我嗎？不處理好的話，公司可能會被告的，要是賠得一乾二淨，沒錢了，妳還怎麼養我？」

「我可是名校畢業，哪個公司不要？大不了，我找五份工作，賺的錢足夠養你了！」時悅穎揚了揚腦袋。

我被這個自稱為自己妻子的顯然已經被愛情侵蝕進骨髓的女孩深深感動了，越是感動，自己越不能袖手旁觀。這個世界上，只剩下她還在乎我，還記得我。或許，也只有她有為了我失去一切的信念。

這樣的女孩，自己還不好好珍惜的話，那麼，我就真的是個混蛋了！

沒有再多說，我扯開時悅穎的手，迅速往前走了好幾步。腳踩在紅線上，這些紅線並沒有動作，不只是潛伏而已，而是變回了普通的纖維。見我沒有危險，時悅穎提起來的心稍微安定了些許。

一步接著一步，我額頭上冒著冷汗，總感覺自己踩著的不是紅色絲線，而是隨時都會爆炸的地雷。每一步，都藏著深深的危險。終於來到了離自己最近的一個女孩旁，這個女孩很胖，但是看臉部深深皺起的皮膚和從裡邊撐滿的制服，可以想像得到她原本不應該有這麼臃腫的體型。

我舉起剪刀，試著剪了一下。變得脆弱的紅線立刻按照地心引力的軌跡失去了支撐，落在地上。

呼，這些紅線果然沒有危險了！

我抹了一把額頭上的汗水，不斷將刺入她五官以及皮膚的紅線剪斷。好不容易才將女學生的脖子部位清理出來，原本雪白的皮膚上，全是漆黑膨脹的經脈。我伸手摸了摸她的脈搏，心頓時沉到了谷底。

沒有脈搏。女學生，早已經死掉了！不光如此，我的手指能夠接觸到血管，血管雖然膨脹了起來，但是裡邊空空如也，血液完全失蹤了，只剩下空氣。空氣充斥在她的每一條血管中，女學生整個人猶如充氣氣球，被血管裡鼓脹的氣壓支撐著站立。

還沒等我想明白，女學生體表的其他紅線在我沒有干涉的情況下，也紛紛落在了地上。她的七竅裡發出了「嗤嗤」地漏氣聲。

我嚇了一大跳，連忙往後急退了好幾步。

就是這幾步，教室裡剛才還維持著的平靜被打破了。不光是眼前失去了生命跡象的女孩，其餘五個人身上的紅線也紛紛掉落。重達幾噸的紅線一截截寸斷，變得失去了光澤。

紅還是那種紅，但是和剛才自己看到的，不知哪裡變得不同起來。

六個被紅線纏繞的學生幾乎在同一時間開始漏氣，失去了支撐的他們轟然倒塌在地。倒下的屍體躺在紅得詭異的紅線上，散發出驚人的惡臭。

「大小姐，這裡好臭啊！」突然一個聲音從門口傳來。我和時悅穎同時回過頭去，只見兩個女學生站在門口朝裡面不停張望。

我認得這兩個人，她們一個叫趙雪，一個叫李夢月。都是高三一班的學生。趙雪看到教室裡的景象，頓時嚇得一屁股坐在了地上。

「死人了！哇，大小姐，裡面死人了。」趙雪驚呼道：「大小姐，怪不得老師要大家疏散，我們也趕緊逃吧！」

被稱作大小姐的李夢月仍舊一副雲淡風輕的冰冷臉色，她對教室中死了六個人以及那堆數量多得可怕的紅線視而不見，似乎那些東西根本不存在般。她也沒有看我，只是用能夠凍徹脊髓的眸子看著時悅穎。

時悅穎被那股視線籠罩，頓時渾身不舒服起來。

「這位同學，發生了意外事故，請聽老師的話立刻回家。」時悅穎不自在的說。

我也上前，用身體擋住她們倆的視線。

李夢月仍舊一聲不吭，只是看著時悅穎。從頭到尾，從上到下，彷彿那雙眼睛是X光，將她的身體裡裡外外都掃描清楚了。時悅穎越發的毛骨悚然起來，她皺著眉頭，不由自主的靠向我。

教室裡的死人和紅線，眼前絕麗女孩的注視，時悅穎怎麼想都覺得不正常。難道這個人間少有的絕色少女，其實有特殊傾向，看上了自己？

不只是她，趙雪接下來的一句話，更讓這種猜測向意味深長的方向推進，讓我也感嘆起這個世界腐爛得越來越快。就連眼前猶如剛從冷藏室裡取出的少女性取向也不正常！

「時悅穎總裁，大小姐來源西鎮，就讀博時教育，主要就是為了妳！我們等了妳快一個月，好不容易才等到妳現身！」趙雪雖然害怕，但是作為沉默寡言的大小姐的僕從，她還是盡責地履行了喉舌的責任，「她想問妳一句話！」

「我、我有老公了！」時悅穎縮了縮脖子，乾脆將自己整個人都藏在我背後，只剩下一雙眼睛遮遮掩掩的露出來：「而且我的性取向正常，這輩子都沒有當拉子的打算。妳死心吧！」

冰冷的大小姐根本就沒有被時悅穎的話打擾，她的世界觀顯然和所有人都不同，在她渾身散發著的排斥一切的立場裡，那雙明亮的眼睛自始至終盯著時悅穎，裡邊沒有任何的感情色彩。可是偏偏給人一種炙熱到極點的錯覺。

「大小姐想問的話，不是關於那方面的！」就連趙雪也感到很尷尬，大小姐的行為舉止，也太像是求愛的訊號了。

李夢月的視線穿過我的身體，仍舊落在時悅穎身上，一直都沒有說話的她終於開口了。而這一開口，讓我和時悅穎完全呆愣住，甚至嚇了一大跳。

「為什麼我，記得，妳！」李夢月冷冰冰的，一個字一個字說道。每個字，都像是一記重錘，錘在了聽者的心口！

這句莫名其妙的話，也在我的腦海裡爆炸，將自己的思維炸成碎片，再也無法拼湊好。

時悅穎沉默著，什麼話也沒說。就在這時，一陣警笛聲打破了我們四人之間的沉默。

不知為何，女孩突然鬆了一口氣。

姍姍來遲的警察，終於出現了。

第七章 詭異遊戲

據說在廣西，曾經有人發現了一種「茴香石」，看起來跟普通石頭差不多，外表為棕褐色，呈不規則的三角形狀。它們的獨特在於能散發出濃郁的茴香氣味。如果你想悄悄弄走一小塊，它還會抗議。因為一旦石頭離開它的母體，就再也散發不出任何香味。直到現在，還沒有人清楚，是什麼原因讓石頭擁有了香味？

所以，有時候物體產生變異，是很難解釋的。

例如那些完全違反了守恆定律從人體中噴湧而出的紅線。

由於出現了如此可怕的事故，作為公司的主要負責人，警方對時悅穎做了冗長的詢問。結束時，已經接近下午兩點了。

冰霜般的大小姐李夢月，背靠著牆壁，耐心的等待著。她什麼話也沒說，對同樣待在走廊的我視而不見。

顯然，她仍舊在等時悅穎給自己答案。

我極為無奈，難道這位看起來聰明無比的大小姐真的期待有答案嗎？人為什麼會記得另一個人，肯定是有原因的。但是以人腦的複雜性而言，這個原因會變得非常複雜。自己的記憶，本應自本人身上著手尋找，而不是糾纏對方。況且從時悅穎的臉上可以看出，她顯然從沒有見到過李夢月。

時悅穎的記性很好，而李夢月很有特色，令人過目不忘。如果兩人真有過交集，時悅穎不可能忘記她。更何況這位性格獨特的大小姐既然咬死不放的說自己記得時悅穎，那麼就意味著，兩人的交集絕對不只是深刻那麼簡單。

我看不出時悅穎有說謊的必要，而李夢月也不像是個胡攪蠻纏別有用意的人。這位冰冷的大小姐恐怕根本不屑幹這種事。

那麼，究竟問題出在誰身上呢？

我偷偷看了李夢月幾眼，頓時不確定起來。兩個人，似乎都沒有問題啊。那個不清不楚的問題到底算怎麼回事？而且，為什麼我對這位大小姐本身不感興趣，可偏偏卻對她問時悅穎的那個唐突問題，那麼的在意？

在意到，想將前因後果弄個清楚明白！冥冥中，大腦深處似乎有個念頭在發酵，只是那念頭實在是太稀薄了，稀薄到我很難清楚地理解自己到底想幹什麼！

高三二班的教室被警戒線封鎖起來，當時悅穎走出辦公室時，我立刻迎了上去。坐在地上百無聊賴的趙雪抬起頭，看了自己的大小姐一眼。一直靠牆站著，猶如冰雕的大小姐也動了。她轉動腦袋，漂亮的大眼睛再一次盯在了時悅穎身上。

女孩哆嗦了一下，躲開她的視線。

「親愛的，我們走吧。」時悅穎緊緊拉著我的衣服，想要將我拉上樓。剛走了兩步，李夢月就跟了上來。

「夠了，別跟著我。我都已經夠焦頭爛額了。」時悅穎有些歇斯底里，轉頭對李夢月吼道。

冰冷的李夢月根本不為所動，仍舊跟著我們倆走。

「都說別跟著我了，我根本就不認識妳。妳真是個怪人，妳記得我又不代表我一定要記得妳。」時悅穎提高了音量，她的聲音不只憤怒，甚至夾帶著一種令我覺得奇怪的恐懼。

怪了，她究竟在恐懼什麼？

女孩挽住我的手更加用力了，我的胳膊深陷進那兩團豐滿的柔軟中。她彷彿害怕我會突然消失般，掠奪似的將我使勁兒扯進電梯裡，然後站在電梯口不准李夢月進去。

冰冷的大小姐的腳步總算停在了電梯前，她淡淡的看著電梯門關上，就那麼默默的看著。

等那張絕麗的臉龐被兩扇合攏的電梯門遮蓋住，時悅穎才虛脫似的，整個人掛在我身上。

「妳真的不認識她？」我嘆了口氣問。

「不認識！」時悅穎認真的搖頭。

自己能判斷出，她，並沒有撒謊。可是這個堅強溫婉的女孩，直到現在都還恐懼著，比看到自己的公司死了人，比看到那團可怕的紅線時，還要害怕得多。

這令我更覺得奇怪了！

她在害怕什麼？

「我們去哪？」到了七樓後，女孩拉著我朝宿舍區的最深處走去，那兒有個小會議室。我也順勢從李夢月的話題裡轉開。

「茜茜姐剛剛發訊息給我，要我們去七樓的會議室。」時悅穎說：「關於今天發生在公司的事，據說有些頭緒。不過那些情報有些匪夷所思，很難跟警察講。」

我聽了精神一振，果然公司出的問題，還是公司裡真正的負責人最清楚。我倆走進小會議室時，御姐茜茜和小涼姐已經面色凝重的坐著翻看資料了。

一看到我們，她們倆同時抬起頭。

「來了？」小涼擠出勉強的笑。

「你來幹嘛？」美女御姐瞪了我一眼，這傢伙對我的成見莫名其妙的大。

我撓撓頭，沒敢理會這位坐在火藥上，一戳就會爆的美女，開口問小涼姐：「學生和家長安撫得如何了？」

小涼臉上的苦澀更深了，「不太好。除了被紅線纏住的六具屍體，另外還有三個學生因為跳樓而死，七個學生受傷。學生家長的情緒很激動，特別是死了孩子的家長，和公司保全打了起來。這次公司肯定會官司纏身的。」

她還有一句話沒說出口，光是死亡學生的理賠，就會讓公司破產好幾次。

我聽出了她話中的意思，看了心不在焉的時悅穎一眼。這位公司名義上的負責人顯然心思不在公司上，她在擺脫了那位冰冷大小姐李夢月後，一直在發呆，小腦袋瓜裡不知在想些什麼。

看來，只有我這個丈夫承擔起責任了。我低頭想了想，「今天的事，用膝蓋想都知道情況會很糟糕。如果想要公司不破產的話，恐怕只能將這次事件的主要責任撇清才行。」

無論如何，在教育機構裡死了人都是要負責的。只是責任這種東西，可輕可重。如果是承擔主要責任或者全責，將博時教育賣了可能都賠不起。但是如果只是次要責任或者連帶責任的話，以公司現在的規模，至少還有翻盤、東山再起的機會。

「撇清責任，談何容易。」小涼姐嘆了口氣。

「也不見得，如果找到有利證據，證明這次事件的問題主要出在學生上，而不是公司本身的話。就算走法律程序，也會好很多。」我拉著時悅穎坐下，手指有規律的敲著桌面。

小涼頓時眼睛一亮，「奇奇先生，難道你有頭緒？」

「不是我有頭緒，我看，是小涼姐有頭緒吧！」我淡然道：「否則也不會讓茜茜姐發訊息，要我們來這個隱蔽的辦公室了。」

我和小涼姐相視一笑，頓時產生出惺惺相惜的感覺來。

「嘿嘿，果然公司裡有個能撐得起的男人，我會輕鬆許多！」小涼深呼吸了一下。

御姐茜茜沒好氣的打斷了我們的對話，「夠了，別給老娘打啞謎了。」

她「啪」的一聲將一台平板電腦扔在我跟前，皺著眉頭道：「我們發現的東西都在這裡面，可是事情太離奇了，根本就沒辦法跟警察說明，更不可能當作證據提供給家長和法院。既然小涼經常感慨你聰明，那麼給你個機會，證明自己吧。」

我撓了撓腦袋，這位御姐大人還真看得起我。我幹嘛非要為了她證明自己？如果不是因為時悅穎，別人遇到了這種事，自己恐怕就連正眼也懶得瞧一下吧。

想到今後還要在這兒混，我沒敢將這番話說出口。隨意的拿起電腦，按下電源開關，大量已經被整理好的資料頓時躍入眼簾。

「我來看看，到底有多奇怪。」能夠讓這兩位幹練的美女都腦袋發疼的東西，應該真的有些麻煩。

可是自己卻完全想不到，居然有那麼麻煩。因為光是粗略的看了看，就直接讓我呆滯住了。

平板電腦中，是關於兩個極為怪異玩意兒的資料。

或者乾脆說是，類似都市怪談的東西，不要說作為證據，甚至連線索都稱不上。

看到一半時，我的臉色已經難看到了極點。

第一個是關於紅線的遊戲。不知道什麼時候在網路上流行起來的，這個遊戲在很多圈子裡都有在玩。網路版的紅線遊戲，主要是打著「看看你們之間會有什麼樣的緣分」的旗幟開始蔓延的，宣稱適合所有沒有男朋友、女朋友的人。

遊戲的規則很簡單，首先樓主在某個固定的網站上開一個帖子，每個進來的人在帖子下邊預定自己的位子，只能預定一個，然後需要報出自己所預定的帖子樓層，例如一樓的人發言，說自己在一樓，我預定和七十七樓的人做男朋友或者女朋友。

最後，預定人和被預定的人如果是異性則在現實中見面，適合的就做男女朋友。如果是同性的話，也要交個好朋友，因為這是緣分。也被稱為紅線的牽引。

這個遊戲乍看之下似乎沒什麼好奇怪的，但是再仔細一想，問題就來了。「遊戲」這個詞從人類將其製造出來後，就有屬於自己的定義，那就是勞動後的休息與消遣，本身不帶有任何目的性的一種行為活動。

遊戲是不需要當真的一種娛樂。但是如果真有人當真的話，會怎樣？

很快，資料裡的一個人名引起了我的注意，甚至應驗了我的猜測。今天發生的怪異事件，並不是第一次，早在半個多月前就已經出現了一個類似案件。

只不過案件的關係人和博時教育一點關係也沒有，所以大家都不曾注意罷了。其實第一個被紅線纏死的人，是個叫做汪強的人。

小涼早在一個多星期前就感覺博時教育中有股不妙的暗流在湧動。在公司裡的教師孫影死後，我讓時悅穎幫我收集孫影的資料。小涼順帶著也查了查源西鎮上最近關於紅線的傳聞，沒想到今天居然派上了用場。

汪強住在源西鎮東區，男性，二十一歲，當地有名的富家公子，而且名聲很糟糕。仗著家裡有錢不知道糟蹋了多少女孩。前段時間，他玩女人玩得沒興致了，突然迷上了這款網路上流傳甚廣的紅線遊戲。

他每天花大量的時間混在網路上，在各個紅線帖中留言。只要是他指定樓層的異性，汪強一定要跟她見面。無論用任何手段，不管那個異性是美是醜，是不是結婚生子了，年齡有多大，他都通通不在乎，想方設法的就是要將和他見過面的女性弄上床。

這個遊戲讓汪強腎上腺激素分泌旺盛，感到無比的刺激，所以他玩得樂此不疲。

直到有一天，他在指定樓層指定了一個三十三樓的女孩。透過網站私信約了那個女孩見面，但女孩居然沒有出現。這讓已經習慣了在源西鎮作威作福的汪強惱羞成怒，他找了個駭客弄到了那女孩的上網位置，然後帶了自己的狗腿子氣沖沖的趕了過去。

之後究竟發生了什麼事，沒有人知道。但是沒過幾天汪強就死了，他的身上纏著大量的紅線，他的血液被吸乾了，一滴也沒有剩下，留在血管中的只有鼓脹的空氣。

汪強死前不知道承受了怎樣的痛苦，面容扭曲，像是厲鬼般可怖。

這明顯不是自然死亡的情況讓汪強的父親極為憤怒，汪強是他唯一的兒子，老來得子本來就不容易，所以他父親才會將汪強縱容得如此混蛋。

汪強父親懸賞百萬尋找線索，可是直到現在，什麼線索都沒找到。反而是源西鎮的一害莫名其妙的暴斃後，鎮上所有受到過他欺負欺壓的人頓時感覺揚眉吐氣，甚至有人特意買了鞭炮慶祝。

「妳查過汪強跑去找的女孩，是誰嗎？」我抬起頭問。

小涼姐輕輕聳了聳肩，「這個問題許多人都想知道，包括汪強的父親。汪強的死在本地引起轟動，許多媒體報紙都報導過。他死的那天晚上，鞭炮聲響了一整夜，簡直有如春節般熱鬧呢。」

「所以那個女孩的身分，至今也沒查到？」我沉思起來。怪了，既然就連汪強那個二世祖都能借助駭客查到女孩的 IP 位置，那麼沒理由他老爹和八卦媒體居然什麼蛛絲馬跡也沒找到，難道其中還有些不為人知的隱情？

或者說，那個女孩是早有預謀，故意引汪強過去的。可是那女孩為什麼要冒著危險這麼做？為民除害？但最解釋不通的是，女孩究竟怎麼讓汪強死得如此不明不白，甚至稱得上詭異？

一直坐著沉默不說話的時悅穎這時候突然站了起來。

我們三人詫異的看著她。時悅穎臉上似乎有一絲煩躁，她呼了一口氣，輕聲說道：「裡邊太悶了，有些不舒服。我到外邊去透透氣。」

說完後，她就自顧自的離開了。走到門口，扭開門把手後，女孩的身體微微一停滯，又道：「親愛的，等我回來。」

我、小涼姐和茜茜姐面面相覷。這個溫婉的女孩，什麼時候變得如此奇怪了？

「嗯，我等妳。」我點了點頭，對她沒頭沒腦的話敷衍道。

可哪怕是敷衍，時悅穎似乎也滿足了，她徑直出門後，將門合攏。

「愛情，果然是能令人變得行為古怪。」小涼搖了搖腦袋。

御姐茜茜更是一臉恨鐵不成鋼，「都是你，從前悅穎從來不會這樣。她現在哪裡還是那個幹練果斷的女強人，變得比小女人還不堪。明明是自己的公司出了大事，還一副心不在焉的。彷彿事不關己一般，哎，我都不知道我在瞎操心什麼了！」

她一邊說，一邊看我。眼神更加不滿起來！

拋開總監對我比馬里亞納海溝還深的成見，時悅穎走出小會議室後，並沒有如同她說的那樣只是單純的透氣。她的腦袋很亂，亂到了六神無主的程度。

而亂的根源，自始至終只有一個，就是那叫做李夢月的絕麗女孩。

她順著電梯來到大樓外，剛到公司門前就看到坐在大廳沙發上的李夢月。這個渾身散發著冰冷氣質的女孩周身縈繞著排斥感，讓許多本來想搭訕的雄性生物完全不敢走上前。

還真是個氣場強大的古怪女生呢！

時悅穎一邊想，一邊走上前，緩緩地走入女孩的視線裡。李夢月的視線落在了她身上，而同樣坐在旁邊一臉無聊的趙雪驚訝的叫了起來，「大小姐，時悅穎總裁真的來了。哇，妳是怎麼猜到的？」

李夢月根本就沒有回答的打算，她只是面無表情的看著時悅穎。

時悅穎聽到趙雪的話同樣心裡一驚，這冰冷女孩從哪裡看出來自己會來找她，竟然還耐心的留在大廳裡等著。明明想要找李夢月的打算，不過是自己剛剛滋生出來的念頭！

不過時悅穎沒有管那麼多，她更加擔心別的事情。

「我們到僻靜的地方聊聊？」她對李夢月說。

李夢月毫不猶豫的點頭站了起來，雪白的裙角飛揚，那一襲連身的白色連衣裙彷彿無數花瓣，哪怕一動不動，也吸引著所有人的視線。時悅穎有些暗自感嘆，這個彷彿是從天上下凡的尤物，今後也不知道哪個幸運男人能夠得到她的垂青。她也常常自豪自己的漂亮容貌，可是和李夢月一比，頓時黯然失色。

「大小姐，等等我。」見到兩人朝公司後頭走去，趙雪連忙跟了上去。

「妳，留下。」冰冷的大小姐緩緩道。

趙雪只得停住腳步，眼巴巴的看著兩人消失在接待處的門後邊。

由於出了剛才的事情，整個博時教育都亂糟糟的，人去樓空。反而一大堆嗅到了腥臭味的媒體記者蜂擁而至，幾乎將整個大廳佔據。不過時悅穎本來就不經常出現在源西鎮，所以雖然身為公司的老闆，卻反而沒有被人注意到。

她倆一直來到樓後一處很少有人來的小巷子裡，巷子中擺放著學生課間玩耍的用品。時悅穎坐到鞦韆上，盪了盪，然後拍了拍身旁的鞦韆。

寒霜的李夢月也坐了下去，她沒有盪鞦韆的興趣，只是安靜的坐著，等時悅穎說話。

時悅穎等了幾分鐘，感覺和這位沉默的美女打啞謎實在很無趣，便開口：「妳是怎麼知道我會回去找妳？」

李夢月看了她一眼：「猜的。」

時悅穎頓時覺得鬱悶不已，自己的心思有那麼好猜嘛，居然連這個明顯富含三無——無口，無心，無表情——屬性的女孩都猜出來了。

「妳想知道，自己為什麼記得我？」她的聲音低了下去。

冰冷的大小姐微微點頭。

「記得我又怎樣，不記得我又怎樣。我顯然不認識妳，而妳也不可能認識我。我都不知道妳究竟想從我身上得到怎樣的答案。」時悅穎沒有給她答案，但是她的臉色卻說不出的古怪。

「我，忘記了，一切。已經，很久。」李夢月難得的多說了幾句話，「什麼都，忘記。唯有，記得，妳，的存在。這，怎麼，解釋？」

絕麗的白裙女孩伸出白皙的手指，在自己高聳的胸口上畫了一個大圈，將自己的心臟圈了進去，「這一塊，空蕩蕩的。只有透過，妳。才能，找到，答案。填滿，這裡。」

「妳說話還真費勁。」時悅穎覺得聽李夢月說話很難受，女孩的語氣沒有高低起伏，沒有感情，不流暢也不結巴。雖然聲音悅耳動聽，但是再動聽的機械聲，也不會讓人產生協調感。

時悅穎抬頭，用力的抬頭。下午的陽光透過大樓間隙投下來，令她有一種置身井底的錯覺。

「李夢月同學，不知道，妳知不知道什麼叫愛情？」她突然開口問。

李夢月有些詫異，不過仍舊回答了：「不，清，楚。」

「愛情這種東西，哪怕是閉上眼睛，遮住耳朵，也沒法阻止你自己想對方。」時悅穎繼續說道：「我身旁那個男人，叫做小奇奇，妳認識他嗎？」

「不，認，識。」李夢月搖頭。

「不認識就好，果然，妳不認識他呢。」時悅穎臉上流露出鬆了口氣的表情，但是她的語氣裡卻絲毫沒有「鬆一口氣」的鬆懈感，「妳不是想從我這裡知道，為什麼妳能記住我嗎？」

女孩突然笑起來：「或許，我的一個猜測，能給妳答案喔。」

這句不輕不重的話，令冰冷的李夢月再也無法保持住冰冷的情緒，以及周身寒意。

就連那從細胞中往外分泌的排斥感也動搖起來。

「給我，答案！」李夢月「唰」的一聲從鞦韆上站起，用力的拽住時悅穎的胸口。

「我可以告訴妳我的猜測。但是！」時悅穎的笑容有些沉重：「但是妳必須當著我的面發誓！」

「發，誓？」李夢月再次疑惑的眨巴著眼睛。

「沒錯，發誓！」

「我要妳發誓，當著我的面，以自己最在乎的人或者事物發誓。妳今後無論如何，都絕不會和我的男人在一起，不能愛上他，不能從我這裡將他奪走。甚至，不能和他有任何肢體上的接觸！而且，也絕對不能將我告訴妳的猜測，告訴他！」

李夢月的睫毛顫了顫，她十分不解，為什麼這個自己唯一記住的女人要讓自己發這麼奇怪的誓，要自己發誓永遠不會愛上一個自己完全不認識的男人。怪了，這個時悅穎明明看起來聰明得很，怎麼說出來的話瘋瘋癲癲的。

自己，怎麼可能愛上陌生男人！

自己，怎麼可能愛上別人？

自己，有「愛」這種情緒嗎？

「只要妳發誓，我就把我的猜測告訴妳。當然，那只是猜測，僅供參考。信不信由妳！」時悅穎加重了語氣。

「可以。」不需要躊躇，李夢月對填補內心空白的欲望佔了上風，她點頭道：「我發誓！」

等到這個冰冷絕麗女孩真的發完誓後，時悅穎稍顯輕鬆的笑了笑。她心中的一塊大石頭，總算落地了！

怎麼看，這位李夢月同學應該都是個會信守承諾的人。不過她仍舊是留了一手，和李夢月約好時間，準備找個更安全的地方坐下來好好聊聊，兩人這才分手。

時悅穎整個人都舒坦了許多，哼著歌回到七樓，想要找自己的外甥女，問她有沒有好好吃飯。可是這一找，她的臉色頓時煞白一片。

妞妞，不見了！

第八章 妞妞失蹤

古人曾經說過，眼睛看到的東西，不一定是真實的。可憐之人必有可恨之處，你在可憐一個人的同時，或許就已經為自己埋下了災難的種子。

畢竟這個世界，懂得感恩的人很少。更多的人會因為你伸出援手的幫助，而滋生出負面的情緒。

班級中同情被欺負的同學。那個看起來柔柔弱弱的學生或許並不會對你感激，視你為摯友。反而在校園暴力事件的最終，被欺負的同學拿起屠刀指向的，不是欺負他的人，反而是你。

妞妞雖然智商高，但畢竟年紀太小，不會懂得這些道理。雖然前段時間遇到了怪事，可心底仍舊是個善良的小蘿莉。

今天一大早，小奇奇哥哥就跑去上班了，阿姨要處理公司裡的事，沒辦法陪她玩。妞妞一個人待在家裡，感覺很悶。乾脆將兩人千叮嚀萬囑咐，要她少出門的要求拋之腦後，揹著自己粉紅色的小包包到附近的公園玩耍。

由於是禮拜一，公園裡人很少。對面公車站台上的時鐘輕輕劃過十點半，妞妞找到一張視野極佳的長椅，坐上去，懸空的腿一擺一擺的，悠閒得很。遠處的小山倒影在湖面上，春天的柳樹發芽了，耳畔不時還會傳來幾聲鳥叫。

正努力往中天爬行的太陽吃力的穿破雲層，灑下萬道金光，幾許陽光越過柳樹新嫩的芽，剛好照在小蘿莉的腦袋上。

妞妞擺了擺小腦袋，從包包裡掏出一包洋芋片，眯著眼睛看風景。

她很開心，好久沒有如此閒適過了。一直以來，她都不喜歡去上學。因為高智商，老早就跳級到了初中。但是初中的課程對她仍舊十分簡單，六歲的她早就開始利用晚上的時間自修大學教材。或許是由於年齡差，同班同學都不愛跟她玩。最多是尖叫著摸她的腦袋，用哄小孩子般的語氣跟自己說話，不過由於妞妞一直冷冰冰的，那些人自討沒趣了一段時間後，也就算了。

妞妞覺得上學，從來不是件開心的事。她想在七歲半的時候參加大學考試，八歲進入象牙塔。或許在大部分人都嚮往的象牙塔裡，自己會不那麼引人注目。

直到遇到了小奇奇哥哥後，一切才變得不一樣起來。小奇奇哥哥很聰明，雖然失憶了，但智商明顯不比自己低。聰明人對另一個聰明人總是很有吸引力的。跟在小奇奇哥哥身後，她會感覺很安全，也會覺得自己變普通了，成了個正常的小孩子。

這種感覺，無論是媽媽，還是阿姨，都無法給予自己。

正在這人小鬼大的蘿莉胡思亂想的時候，突然從身後傳來了一陣嘲笑的唱歌聲。聲音同樣是小孩子的聲音，似乎比自己大不了多少。不過內容就有些討人厭了。

「祝妳生日倒楣，祝妳蛋糕發黴，祝妳越吃越肥，祝妳出門見鬼。」

明明是生日歌，卻變成了詛咒人的詞。妞妞皺了皺眉頭，轉過頭去。只見三個六七歲的男孩和兩個女孩正圍著一個大約五歲左右的小女孩，一邊轉圈，一邊唱歌詛咒她。

小女孩楚楚可憐，無助的蹲在地上，用力捂著腦袋，顯得很害怕。

妞妞的正義感瞬間高漲，她揹上自己的粉紅小包包，站起來大喝一聲，「喂，你們五個死小鬼究竟在幹什麼？」

五個小孩被嚇了一跳，四處張望一番後，才發現吼他們的居然是不遠處的一個粉雕玉琢，跟自己同樣小的孩子，其中一個男孩不由得指著地上的小女孩問道：「這個傢伙，又討厭又可怕又噁心，妳準備替她出頭嗎？」

「對啊，對啊，妳是她什麼人？」另一個女孩也接口道。

「我不認識她，單純就是看不慣你們這些傢伙的行為。」妞妞邁開腳步，雄赳赳氣昂昂地走了過去。

「我們怎麼了？不過就是欺負一個小娃娃嘛，還是她先噁心欺負我們的。」女孩說。

妞妞哼了一聲，「說得好聽，一個比你們小的人欺負你們五個？」

「就是！」男孩理直氣壯的點頭。

「哼，差不羞啊，大家都不是四五歲的小孩子了，你，至少也有七歲了吧？也不用你生鏽的腦袋想一個好點的藉口！」妞妞用手指在嫩嘟嘟的小臉上刮了幾下。

被五人圍在圈子裡的女孩似乎聽不到他們的爭吵，一直一動不動的蹲在地上，埋著頭。漆黑的長髮蓋住了臉，看不清模樣。

「跟妳說了，真的是她先莫名其妙的跑來欺負我們的！」離妞妞最近的小女孩氣憤的道：「妳這個人怎麼不長耳朵。」

「證據呢？妳拍下來了？」妞妞撇撇嘴。

另一個男孩生氣了，威脅道：「妳如果一定要為她強出頭，小心我們連妳一起欺負！」

「呸呸呸。」妞妞小大人似的聳了聳肩膀，「你是豐都城下拉二胡，鬼扯。我可是被嚇大的，有種欺負我啊！」

「妳，真是無理取鬧！」男孩憋了好久，才憋出這句話：「當心我揍妳。」

「揍我？我還真不怕呢！」妞妞撇撇嘴，瞥了五人一眼：「看衣服，你們是源西附小二年級的學生吧？」

「我來猜猜，你們是幾班的？」小蘿莉看了他們的書包，「喔，原來是五班的。奇怪了，今天明明是禮拜一，現在的小學生都不用上課的嗎？」

「妳、妳還不是在公園溜達！」男生反駁著。

「我？」妞妞指了指自己的鼻子：「我有乖乖的請假喔。」

「那我們也請、請假了。」另一個女孩接嘴道。

「真有趣，五個同班同學同時請假，大禮拜一的在公園裡溜達。我猜狀況或許有些不太單純吧。難道是想做扶老爺爺老奶奶過馬路的好人好事？」小蘿莉嘻嘻笑道：「我對你們為什麼逃課沒興趣。但是你們的父母和老師肯定有興趣，要不要我將良心發揮到底，替你們通風報信一下。」

「不行！」五個孩子同時驚呼道。

「不想我找到你們學校去，就給我快滾！」妞妞的聲音頓時提高了。

五個小孩可憐兮兮的一步三回頭，滿臉遇到女魔頭的表情離開了。領頭的那個男孩恨恨道：「那傢伙和那髒兮兮的噁心小東西一個樣，說不定真是親戚。混蛋，魔鬼！」

等他們離開了自己的視線後，妞妞才收回遠望的眼神，雀躍著走到仍舊蹲在地上的五歲小孩旁。

「小妹妹別害怕，壞人已經被姐姐我打跑了。」小蘿莉輕聲安慰道。

可那個小女還依然沒有抬頭的打算，這時候，妞妞才覺得有些不太對勁兒。這個女孩子纖細瘦弱，一副營養不良的樣子。長頭髮雖然黑，但是很骯髒，髮絲中夾雜著許多灰塵和草根。

還有她的衣服，怎麼看都不像是現代的服飾！這到底是誰家的小孩，就沒人管嗎？這麼小，大人不怕自己的孩子走丟了？嗯，她的家庭一定很貧窮。

妞妞完全忘了自己只比眼前的女孩大一歲，整個同情心氾濫。

「妳的家在哪兒，我送妳回去？」她伸出手，扯了扯小女孩的衣服。手指接觸到布料的時候，小蘿莉的眉頭皺了皺。怪了，這觸感似乎不像是紡織品，更像是，更像是紙！

妞妞疑惑的往後退了兩步，就在這時，一直都沒有抬頭的小女孩，緩緩將腦袋抬了起來！

小蘿莉嚇得險些驚叫起來，女孩的臉看起來亂七八糟的，五官混亂彷彿是人用毛筆胡亂畫上去的一般。這人要長得多醜，才會醜成這樣？

「妳的臉……」妞妞吃力的吐出三個字。

「我的臉怎麼了？」小女孩的神色呆滯，哪怕是說話，嘴唇也一動不動。她的膚色很白，白得完全不健康，有些像宣紙，又如同用漂白劑漂洗過。

這怎麼可能？難道這女孩學過腹語術？可是手上沒有玩偶的腹語術看起來怪異得很。妞妞明顯有些害怕了，她的好奇心不再氾濫，同情心也消失殆盡。她只想儘快離開這兒！

「妳慢慢玩吧，我先回去了。」小蘿莉乾笑兩聲後，轉身就往相反的方向走。

小女孩乾巴巴，幾乎沒有抑揚頓挫的聲音從身後傳來，「姐姐，妳不是要送我回家嗎？」

妞妞不敢回答，加快了離開的速度。再白癡的人也感覺不對勁兒了，更何況她的智商比普通人更高。妞妞的心臟狂跳，她很確定自己又遇到怪事了。

但是那個自己打抱過不平的女孩明顯不準備放過她，「姐姐，妳不是要送我回家嗎？」

一陣風吹過，將傳遞到耳畔的小女孩聲音吹碎，妞妞一時間分不出聲音的來源。她覺得自己已經往前走了五十幾公尺，可那紙人似的女孩子的話語，彷彿仍舊縈繞在耳旁，觸手可及。

「姐姐，妳不是要送我回家嗎？」小女孩的聲音忽左忽右，捉摸不定，陰魂不散的跟著妞妞。妞妞覺得自己要瘋掉了！

做好事怎麼就這麼難？

不知從哪裡刮過來的風，將妞妞的頭髮吹得亂七八糟。一絲長髮遮住了她的眼睛，她捋了捋，隨即整個人僵住。自己的頭髮，可沒有那麼長！

妞妞摸著那縷不屬於自己，已經遮住了半張臉的漆黑秀髮，打了個寒顫。她渾身都在發抖，小腦袋僵硬的往上瞧了瞧。誰知頭頂的風景讓小蘿莉嚇得差點一屁股坐在地上。

只見那小女孩不知道什麼時候飛到她的頭頂。那身老舊如同紙糊般的灰白色衣服隨風飄揚，一起飄搖的還有那頭假髮似的長頭髮。烏黑的長髮如瀑布般將妞妞籠罩，此時，妞妞的臉離小女孩的臉只有三公分。

妞妞能清晰的看見小女孩的皮膚，完全沒有毛孔，而且有些像紙的纖維紋路！她的表情猶如戴著面具，根本沒有情緒波動。難道這個女孩真的是紙糊的？

「姐姐，妳不是要送我回家嗎？」小女孩又開口了，嘴唇仍舊一動不動。

「我才不送妳回家呢，妳給我滾遠點。」妞妞嚇得都快要哭出來了，她的眼淚在眼眶裡打轉，一副驚嚇過度的模樣。

「不，妳會送我回家的。姐姐。」

小女孩沒表情的臉終於浮現出一絲情緒，那是笑，陰森森的僵硬的笑。

「時悅心姐姐。」

吐出這五個字後，小女孩隨風一飄，眨眼間的工夫已經消失得無影無蹤。妞妞依舊保持著剛才的姿勢一動不動，近在咫尺的女孩子消失了許久後，她才稍微動彈了一下。

整個人鬆懈後，便是席捲靈魂的疲憊和害怕。妞妞躺在草地上大口大口的呼吸著氧氣，內心最初的恐懼消散後，便是翻天覆地的驚訝。

時悅心，那個小女孩竟然叫自己時悅心。

怪了，時悅心這個名字她從來就沒有聽說過。那個小女孩到底為什麼要叫自己這個名字？「時」是媽媽和阿姨的姓氏，可自己應該跟著爸爸姓。不過自從妞妞出生後，爸爸就失蹤了。媽媽只給她取了小名，說是要等到爸爸回來後，再讓他給自己取真正的名字。

所以直到六歲，妞妞依然只有小名。但是妞妞不在乎，她也相信爸爸還活著，會在某一天突然回來，抱抱自己，親親自己的臉。然後驕傲的告訴她，她姓什麼，叫什麼，有多麼好聽，多麼美麗。

時悅心？

妞妞擺擺頭，這名字似乎也挺好聽的。不過，肯定不屬於自己！

小蘿莉害怕得很，她掏出電話想要打給小奇奇哥哥，讓他來接自己。妞妞有強烈的信心，無論自己遇到了什麼，小奇奇哥哥一定會救她。每次想到小奇奇哥哥，她就會滋生出一股強烈的安全感。

妞妞摸了摸口袋，卻沒有摸到手機。她偏著腦袋想了想，最後還是自己爬起身，拍了拍背上的草葉，朝家的方向走去。

可是才離開公園，就又遇上怪事。

她很明顯的感覺到，有人在跟蹤自己，而且還不止一個！

妞妞往後邊的街道走了幾步後，停住腳步。這個公園離自己的家雖然近，但是會路過一條十分偏僻的小巷子。平時小巷子人就不多，現在是上班時間，人肯定更少。無論跟蹤者究竟出於什麼目的，但是他們的目標肯定是自己。

一旦到了人少的地方，自己一定會有危險。說不定會被綁票！

剛才突然消失的怪異小女孩將妞妞的心攪得很亂，現在還沒緩過來，這也讓她成了驚弓之鳥。小蘿莉在腦袋裡回憶了一下源西鎮的地圖。她的記憶力很好，幾乎稱得上過目不忘，雖然從來沒有來過源西鎮，可是第一天來的時候阿姨買了一份地圖，她就順便記住了。

公園站前坐11號公車，轉一大圈就能到安建路口，安建路是大路，來往的人很多。最重要的是媽媽的公司和家都在那兒，小奇奇哥哥和阿姨也在那裡上班。只要進了公司的門，就安全了。

妞妞偏著腦袋想了想，視線賊兮兮的瞟了幾眼那些跟蹤自己的人。似乎有三個，全是男性，年齡不算大。小蘿莉記住了他們的衣著特點，準備見到小奇奇哥哥後告訴他，讓哥哥去收拾對方。

說起來，這三個傢伙的跟蹤技能明顯很差勁，就連一個六歲的小女孩都騙不過。

妞妞在心裡暗暗吐槽，臉上裝出只是坐在公車站台的椅子上休息的無聊表情。等了兩分鐘，11號公車來了。就在公車準備關上車門的瞬間，妞妞藉著自己身體小，泥鰍似的鑽了進去。

公車的門合攏了。三個跟蹤她的男人明顯沒料到會有這種事，連忙臉色大變，大驚失色的朝公車跑過來。

可是公車已經往前行駛，離開了站台。三個人氣急敗壞，臉都臭了。妞妞笑嘻嘻的站在玻璃門邊衝他們揮手，還很文雅的用唇語說了兩個字：「白癡。」

三個白癡於是真的白癡了，眼巴巴的望著公車上的妞妞越來越遠……

擺脫跟蹤者後，妞妞總算是鬆了口氣。公車轉了一個圈，眼看再過幾站就能到媽媽的公司了，她煩躁不安驚恐不定的心，總算是落了地。

就在這時，不遠處又出現了狀況！

公車上人不多，甚至還有幾個空位。妞妞將零錢塞入錢箱後一直往後走，走到後門的位置就停了下來，也沒有坐在不遠處的空位上。這樣有兩個好處，一是便於下車，二是發生突發情況時能夠迅速反應，也能靠著賣萌讓車上的叔叔阿姨幫忙。

她的跟前正好就有一個這樣的阿姨，這位阿姨大概三十多歲，和媽媽的年齡差不多。阿姨的手拉著扶手，或許是快要下車了，她也沒有坐著。正當妞妞滿臉期待的看到公司的屋頂就要躍入眼簾，快要到家時，一個中年男子也站了起來。

他偷偷摸摸的來到站立的阿姨背後，手一動，就將阿姨的手提袋割開了一個大口子，錢包露了出來，中年男子陰險的笑著，將這鼓鼓的錢包拿到了手中。

該死，居然是小偷！

妞妞頓時糾結起來，她轉過頭看向附近的人群。這些人明明看到了小偷在偷東西，可是沒有一個人走出來指責，還紛紛移開視線，甚至有人做出假寐的模樣。

都是些孬種！

妞妞的內心更加糾結了，還要不要做好人呢？剛才才遇到了怪事，還是別多管閒事算了。

眼看小偷就要得意的將錢包放入懷裡藏起時，一張紙片從阿姨的包包裡飛了出來，正好飄到妞妞的腳下。

那是一張醫院的住院單，單子上寫著詳細的化療紀錄和一長串的費用數字。妞妞的眼神閃爍了幾下，被偷阿姨的兒子似乎得了癌症，正在住院。她的衣著很普通，大衣款式老舊，不知道穿了多少年，家裡應該不富裕。

說不定錢包中鼓脹的現金，正是阿姨兒子的救命錢。

該死，太糾結了！

小蘿莉被時女士教得很好，她糾結來糾結去，最終越來越近的公司大樓給了她勇氣。女孩的正義感又瞬間高漲！

她往前湊近了兩步，一把將得意洋洋的小偷的手抓住，然後趁小偷發愣的瞬間，把錢包搶回來。

不光是小偷愣住了，車上看到這一幕的所有人都同時一愣。

看著小偷驚訝加憤怒的表情，甜美可愛的小蘿莉展顏一笑，露出人畜無害男女通殺的天真模樣，脆生生的說：「謝謝叔叔幫我媽媽把錢包撿起來。」

小偷的臉變得又紅又白，完全不知道該怎麼反應。

身旁的阿姨這才醒悟錢包被偷了，臉色頓時大變。

「喏，媽媽，錢包還給妳。以後要放好喔！」妞妞笑嘻嘻地說。

那個阿姨連連點頭，小偷低下了腦袋暗道倒楣，偷東西居然被對方的女兒發現。他連忙灰溜溜的走到公車的最後排坐下，儘量將自己的身體隱藏在陰影裡。

公車上的眾人也紛紛釋然，原來這粉雕玉琢的小蘿莉是被扒錢包的人的女兒，還真是機智的小女孩。不知道這女人上輩子燒了多少香，居然能生出這麼漂亮的女兒來。看模樣，兩人還真不太像。

媽媽的公司到了，公車停靠在站台上。門開了，妞妞正準備下車。身前的阿姨不知為何擋在她的面前。

這個阿姨也準備下車？妞妞眨巴著眼，讓了讓，禮貌的讓阿姨先下。

沒想到這個阿姨邁出第一步的時候，突然一把拽住了妞妞。

「女兒，走，回家了。今天我請妳吃好的。」阿姨一邊笑，一邊加大了力氣。

一股惡寒頓時從妞妞心底深處冒了出來，她看見那個被自己幫助過的阿姨臉上掛著意味深長的笑，笑容裡有著無比的陰森。

陰謀的氣味瀰漫在空氣中，越來越濃。妞妞猛然醒悟，該死，小偷和阿姨都只是一個局，一個想要綁架她的局！可笑自己以為上了公車就躲過一劫，沒想到就連公車上也有同黨。

究竟是誰要綁架她？目的是什麼？策劃者十分高明，否則也策劃不了如此算無遺漏的騙局。

妞妞再聰明也只是個六歲小女孩，女人的力氣很大，已經將她半個身體拉出車門。沒辦法之下，她只能向車上的人求救，「救命，她不是我媽媽！」

乘客們一臉的不相信，甚至有人皺起了眉頭，紛紛想，剛才還挺乖巧可愛的小女孩，現在居然這麼蠻橫無理又調皮，連自己的媽媽都不認了。

沒有人對她伸出援手，甚至還笑嘻嘻的看著她耍賴。妞妞急得哭了出來，眼淚不停往外流，落在地上，摔得粉碎。

終於她抵抗不了女人的力量，整個人都被拖下了車。妞妞的腳剛一落地，就想扯開嗓子大叫，引起路上行人的注意。可是那女人根本就不給她機會！

女人用一張潮濕的布捂住了她的鼻子和嘴巴，妞妞頓時感覺眼皮沉重了起來。她的思緒也混亂了。媽媽的公司大門明明就在眼前，只需要多跑幾步就到了。

小奇奇哥哥和阿姨都在公司裡，只要喊一聲，只要喊一聲一定有人會來救自己！

妞妞想要張開嘴，發出聲音，但是喉嚨動彈了一下，卻什麼聲音也沒有發出來。

她感覺那個綁架自己的阿姨將自己緊緊抓住，慢吞吞的離開了。

家近在咫尺，可現在已經變得遙不可及。

妞妞終於熬不住睏意，閉上了眼睛。

長長的眼睫毛上，還殘留著一滴恐懼與後悔的眼淚……

第九章 靈魂出竅

美國的渥太華大學曾經有一位教授，她偶遇一個心理學學生，這位學生自稱能在睡著前按照個人意願體驗靈魂出竅。這位二十四歲的女學生透露，她可以看到自己飄浮在身體的上方，在空中水平翻轉，有時甚至是從高處看著自己的身體。

教授深入瞭解後才發現，女學生在參加了一場名為「靈魂出竅」的演講之後，居然真的靈魂出竅了，也變相的驗證了渥太華大學教授曾經提及的「每個人都能夠做到靈魂出竅」的說法。這位學生聲稱她能夠隨時進入這種狀態，誘導自己體驗身體從靜止不動的肉體中脫離出來的感覺。這在某種意義上類似於一種幻覺：一個人擁有能夠追蹤身體在空間和時間中具體位置的能力。

渥太華大學的教授和他的同事立刻邀請這位學生參與「靈魂出竅」的研究，並且對她進行核磁共振的檢查，以此來觀察她的大腦活動，看看是否能夠得出解答。教授聲稱，這位女孩最早發現她的能力是在她小時候，當時她很難在打盹的時候睡著。

女學生對靈魂出竅的描述是這樣的：她能感覺自己正在移動，更準確的說，能夠讓自己感覺到自己好像正在移動，但是卻完全知道自己事實上並沒有移動。

透過研究，教授發現在某一刻，這位學生的大腦與優秀的運動員有著類似的活動，運動員能夠強烈的幻想他們贏得了比賽。然而區別在於，她的大腦活動集中於一側，而運動員通常是大腦兩側。

關於靈魂出竅的研究仍舊在繼續著，教授說需要進行更多的實驗才能驗證靈魂出竅究竟是不是人類的一種臆想。教授聲稱這項發現可能意味著許多人都擁有這種能力，而且認為這很平常。同樣的，這種能力有可能在你是一個嬰兒或者小孩的時候做到，但是隨著年齡的增長卻失去了。

這種狀況通常是一種傷害的結果，比如心理疾病、大腦損傷或者是某種誘導出幻覺的藥物。研究人員推測，這種能力或許存在於幼年時期，但是如果沒有經常練習就會失去。他們也推測，這種狀態在年輕人中更廣泛，而且是一種可以形成的技能。

為什麼要在這裡特意提及這位渥太華大學教授的不可靠實驗？當然有我的用意，其實平板電腦上小涼姐收集到的第二個事件，正是與靈魂出竅有關。

那件事，跟博時教育的老師，前段時間死掉的孫影有關。孫影死在我和時悅穎以及妞妞的眼前，所以對那次的事件印象深刻。那些糾纏著她的紅線，以及可怕的死亡方式，令神經纖細的時悅穎備受折磨，甚至連睡覺都會做噩夢。

我倒是沒那麼大的感觸，但孫影的死確實令自己記憶猶新。

不到一個月前，源西鎮開了家很特別的教育公司。這家教育公司很小，教學規模也不大，只在附近租了一層辦公大樓，面積大約一百多平方公尺。

同樣是教育機構的博時教育很快就察覺到了這個新的競爭對手。先前也曾提及，由於源西鎮傳統上很重視教育，所以各種教育機構林立。小涼姐的嗅覺靈敏，對這個新冒出來的對手很感興趣，但多方打探下，以她的精明，居然什麼都沒有探查出來。

不只是她，別家教育公司也同樣通通鎩羽而歸。

那家小型教育機構實在是太神秘了，法人是誰不清楚，教育的內容是什麼不明白，就連教育方向也不知道。只是在租來的辦公室外牆上，用大大的廣告寫著：

「你想探尋人生的意義嗎？你對現在的人生不滿嗎？工作不順利？夫妻不和睦？事業總是停滯不前無法升遷？真是這樣的話，那麼你該提昇自我了。

本公司特別開設心靈探尋，靈魂出竅的課程。能幫助你尋找到真我，尋找到在這個疲憊的社會上，自己應該佔有的位置。課程人數有限，請及時報名，逾時不候！

人生三大悲哀事：遇良師不學，遇良友不交，遇良機不握。

請好好把握良機，切勿錯過！」

廣告詞好大的口氣。小涼直覺感到對公司有所威脅，但無論如何她都無法查到那家公司的底細，甚至連公司的名字都搞不清楚。最後，小涼姐只能出絕招了，那就是派出臥底。

而臥底的人選，便是孫影！

孫影是博時教育的資深員工，師範畢業後就加入公司，忠誠度沒得說。而且還是小涼姐的閨蜜。人選是她的話，就算對方的公司再有吸引力，也不會被策反。

但現在，小涼覺得自己恐怕做錯了。一家神秘的公司，之所以神秘，肯定是有它詭異的地方。貿然的將心腹派出去，面對的可能就是如今這種糟糕的困境。

孫影報名參加了那家神秘公司的課程，根據她向小涼回報的話來形容，那家公司不只神秘，甚至可以用撲朔迷離來形容。

報名地點就在神秘公司的入口，接待員是一位剛剛應聘的本地女孩，那位女孩大學剛畢業，什麼都不清楚，只給了孫影一疊表格，表格很厚，大概有三十幾頁。只是報名而已，居然也要填這麼多東西？對於長期在教育公司任職的她而言，很是不屑。

報名流程越簡單越容易留住顧客，這是基本常識。神秘公司到底想不想賺錢啊？

孫影將報名單翻了翻，終於在甲方欄中看到了神秘公司的名字——理想中心。

理想中心？靠，這名字還真是有夠古怪的！

她撇撇嘴，耐心的填面前的表格。表格上的問題千奇百怪，涉及了一大堆日常以及非日常的東西，甚至還有一些關於自身隱私方面的內容。但是實在觸及了隱私的部分，表格後邊通常都標明，這是非必要項目，可選可不選。

不知不覺間，孫影陷入了回答問題中。時間緩慢的流逝，其間又有幾個人來報名，有的人看見那厚厚的報名表，搖搖頭就走了。而也有一些人留下來，耐心的填表。

一張表格上大約有三十三個問題，總共三十三頁。一千零八十九個問題不知費了孫影多少時間，做完後，她長長的舒了口氣。最後在乙方欄中簽名，這才抬起頭來。

身旁還有三個人在填寫表格，看到他們的身影，孫影險些笑出聲。這三個傢伙也是熟人，全是博時教育的競爭對手。沒想到這些公司的負責人也和小涼想的一樣，通通派出臥底來打探情況。

「對了，有什麼課程可以選擇？有目錄嗎？」孫影將填好的表格遞給前臺接待：

「我表格填完了也不知道自己應該報什麼班！」

「我們公司沒有這種目錄。」前臺接待小姐搖了搖腦袋，臉上掛著職業性的笑容。

果然她對公司的一切都不太清楚。

「那我該怎麼選培訓課程？」孫影皺了皺眉頭。

「不需要您選擇，我們的老師會根據您的報名表來指定最適合您的培訓類型。」

前臺小姐的笑容沒有絲毫改變，機械式的回答：「放心，絕對是最適合您的。」

「那麼費用方面？」孫影掏出錢包。

前臺小姐再次搖頭，「暫時不需要付。等我們的老師指定了您的培訓課後，才會告訴您一次需要繳納的費用。」

「這麼古怪？」孫影滿腦袋疑惑的離開了。

聽完她報告後的小涼姐同樣咕噥了一聲，「真古怪！不會是什麼騙子公司吧？」

那家叫做理想中心的神秘公司，用的手法和某些騙子公司的伎倆太像了。可小涼並沒有這樣放棄，而是讓孫影等那家公司的通知後，再做下一步決定。

過沒幾天，理想中心就打電話給孫影，說她的報名表已經審核完成。以孫影現在的狀況，適合上「靈魂出竅」類的課程。

「靈魂出竅？這是什麼鬼東西？」小涼和孫影大眼瞪小眼，完全摸不著頭緒。

「看來真的是騙子公司，或邪教宣傳組織什麼的！」小涼撓了撓腦袋：「小影，我看妳乾脆不要去了，那家公司對我們應該沒影響，而且課程方向完全不同。」

孫影心不在焉的嗯一聲。事後小涼才知道，自己的閨蜜並沒有全跟她說實話。孫影有很好的家庭，工作輕鬆，老公體貼勤快，將家裡的一切雜事全包了，也就是因為老公太好了，她不用煩惱柴米油鹽，又有大量時間可以揮霍，弄得她精力無處發洩，最後莫名其妙變成了有強烈正義感的人。

她一邊同意小涼不再當臥底，但下午下班後還是跑到了理想中心。這傢伙想，如果理想中心真的是邪教組織，那麼她一定要揭發他們，免得別人上當受騙。

這是個殘酷的世界，想做好事也需要能力，沒有能力的話，再好的心腸也會變成傷害自己的穿腸毒藥。

孫影就是被自己的正義感，一步步的將家庭和自己逼上絕路的！

她在接待處那裡報了名字，順利拿到已經排好的課程表。課表很簡單，每隔一天，晚上八點左右開課，上課地點就在這家理想中心的六樓。

「學費是多少?」孫影問。

「現在公司在辦活動,孫小姐,您是第一批學員,所以只需要繳納一塊錢,就能得到為您量身訂做的課程。」接待小姐禮貌的回答。

「靠,絕對是邪教組織!」孫影暗自吐槽。一塊錢基本上算是免學費了。上課時間又定在晚上。這根本就是邪教的標準流程嘛。否則哪個正規的教育機構不想多賺些錢?看我孫大善人來揭發你們!

孫大善人看了看表格,第二天晚上八點正好是第一堂課。

第二天她吃完老公做好的晚飯,穿著能夠見情況不妙立刻逃跑的運動服以及白色運動鞋來到了理想中心。

走入公司大門時,剛好七點四十五。來到電梯前,按下六樓按鈕。孫影突然愣住,一股涼意從腳底板湧了上來。她是土生土長的源西鎮人,又在博時教育工作多年,對周圍的地形以及辦公大樓很清楚。

這棟大廈叫做冠宇大廈,修建於十年前,開發商在中途資金短缺,跳樓自殺了。冠宇大廈蓋了一半就停工,成了源西鎮有名的爛尾樓。直到三年前,才有別的開發商將這個爛尾樓買下來,繼續蓋完。

由於冠宇大廈離博時教育的直線距離只有一百多公尺,小涼曾經帶著她考察過這棟大樓,想要租其中一層作為教室。不過由於這棟建築蓋的時間太長,安全和消防設施都不完備，最終還是作罷了。

其實冠宇大廈的歷史並不是重要的，重要的是，孫影清清楚楚的記得，這棟樓明明只有五層。

哪裡來的第六層？

她看著電梯裡，被自己按下的六樓按鈕上那一圈冰冷的藍色光暈，陷入了恐懼中。

叮咚！

電梯發出一聲輕響，電梯門隨之朝左右兩側開啟。

絕對不可能存在的冠宇大廈六樓，到了！

孫影打了個寒顫，等了一會兒，卻什麼都沒有發生。本來緊緊閉上的眼睛稍微睜開了一道縫隙，落入眼簾的是潔白的柔和燈光。燈光不明亮，但也不算太暗淡。電梯外就是一間空曠的教室，這個教室足足有幾百平方公尺，最中央的位置擺放著六張桌椅。

桌椅圍繞著一個講臺，一張簡易的白板放在講臺邊上。很安靜的地方，看起來並沒有危險。

六張桌椅的其中五張中，已經坐了人。講臺上，一個臉色溫柔，看起來賢妻良母模樣的中年女性拿著一本書，笑瞇瞇的看著一臉緊張的她。

「妳就是孫影同學吧，請進來！」女老師對著她輕輕點頭：「所有同學都到了，就等妳一個了。」

孫影傻乎乎的往前走了兩步，電梯的兩扇金屬門在她背後無聲的合攏。

「來，請坐！」女老師一直溫柔的笑著，本來緊張的孫影，在她人畜無害的笑容中，心靈似乎也被治癒了許多。

女老師先講了幾個很有哲理的小故事，讓講臺下的六個人放輕鬆後，開始自我介紹。

孫影等六人聽著女老師溫柔的話語，彷彿整個人泡在溫度適中的水裡，非常舒服。女老師不斷說著人生道理，刺激每個人進行聯想，本來就是老師的孫影起初還嗤之以鼻，但是聽著聽著，就感覺這位老師越說越有道理。

兩個小時的課程就在這種溫和的氣氛裡結束了。

每個人都覺得意猶未盡，非常捨不得。

晚上十點，孫影從冠宇大廈走出，被夜晚冰冷的空氣一吹，頭腦猛然清晰了許多。她皺了皺眉頭，怪了，明明那位女老師介紹過自己，可是她只有女老師說過自己名字的印象，而女老師究竟叫什麼，她卻一丁點都不記得了。

同時記不起來的，還有老師教授的課程內容。明明每一個字每一句話，她都認真的聽在耳朵裡，記在腦子中。可是一出門居然就忘得一乾二淨。

這事也太怪異了！

孫影沒想明白，也懶得再想下去。她打電話叫了一輛計程車，上車前偶然回頭看了冠宇大廈一眼。

這棟大廈仍舊只有五層樓高，哪裡有第六層的影子。可自己明明是從電梯上了六樓的！

孫影一邊想一邊越發對這家叫做「理想中心」的公司感興趣起來。

人類的天性就是好奇，無論男人還是女人。否則古埃及那句「好奇心會害死一隻貓」的話，也不會流傳至今了。孫影身為老師教書育人，經常告誡學生應該遠離危險。可她本身顯然並沒有遵守「越是詭異的事情，越要離得遠遠的」這老話的精髓。

之後幾天她逐漸減少對小涼提及「理想中心」的事情，但是每隔一天，她仍舊會興致勃勃的跑去參加課程。當初想要揭露邪教組織的心思也早被她拋到了九霄雲外，最終連自己的正職工作也乾脆不做。

從十多天前開始，孫影請假沒有再到博時教育上班。本來小涼還沒在意，可是沒想到居然發生了孫影暴斃在郊外的事。

「從孫影臥底到暴斃，她一共上了接近十堂課。這二十多天的時間裡，究竟發生了什麼？」我皺著眉頭問。

小涼姐嘆了口氣，用指頭在平板電腦上滑動了幾下，一份資料被調了出來。

「這些資料是我在孫影家找到的，就連警方都不知道。我是她的閨蜜，很清楚如果有重要的秘密的話，她會將那些東西藏在公司的一個置物櫃裡，而不是帶回家。總之她這個莫名其妙的壞習慣，倒是幫了我一些忙。」小涼姐哀聲道。

閨蜜家破人亡，如果說自己沒有責任，絕對是不可能的。如果當初自己沒有讓她去當臥底，這檔事恐怕根本不會發生在孫影身上！

我也稍微有些感慨世事的千變萬化，人的一輩子實在是很脆弱，只需要一個或許無關緊要的選擇。看似幸福的家庭就崩塌了，本來相愛的兩個人，也沒命了。

沒囉嗦什麼，我開始看起小涼姐從孫影藏起來的東西裡收集來的資料。那些資料是寫在公司教案紙上的文字，孫影的字很好看，有骨有架，看起來不像是女性的字體。

平板電腦中的資料是小涼用手機照下來的。光是第一頁就讓我再次愣住了。居然又是一個靈異遊戲，這個遊戲不但跟靈魂出竅有關，而且也同樣跟紅線有關。

第十章　撲朔迷離的線索

孫影在理想中心期間到底學到了什麼，外人很難弄清楚。但是後果卻是顯而易見的，因為她的事情震驚了整個源西鎮。

她不單單是以詭異的模樣死在了我和時悅穎跟前，她的家庭也支離破碎了。當孫影死後，警察因為她的死因實在很難以解釋，所以去了她家一趟，才發現孫影居然早殺了自己的老公。

經過驗屍，發現孫影將自己的老公迷昏後，分屍成了十多塊，而且每一塊都埋在了她死亡的那個郊外。至於殺夫的動機，很多人，包括孫影的父母都不知道。

每個認識孫影的人常常羨慕嫉妒她有一個世間少有的好老公。她的老公寵她愛她，將一切風風雨雨都替她扛了下來。家裡的活從來不讓孫影沾一根手指，街坊鄰居也都稱讚他們為青羊宮的羊，哪怕經歷一千年一萬年的風風雨雨，也不離不棄，相守相愛。

本應該能寫進金氏世界紀錄的愛情，卻在孫影將老公分屍的情形下結束了。

這算是一種諷刺嗎？

我不那麼認為，或許，那是一種必然。在孫影任性的走進那家神秘的理想中心，參加培訓的那一刻起，結局，就已經註定了！

自己仔細閱讀著平板電腦裡孫影寫下的東西，或許在殺了老公，將他的屍體埋下後，這個女人有了一絲清醒，但是她不知道該怎麼對小涼說，更不知道還有誰會信任自己。所以她將寫下的東西，乾脆放在了小涼姐知道的地方。

第一頁的靈異遊戲，對我來說，其實並不陌生。這個遊戲是幾年前在日本興起的靈魂出竅類遊戲！知道的人很少，據說玩的時候常常會發生恐怖的靈異現象。只是我究竟有沒有玩過，由於失憶了，具體情況我也不是太清楚。

但所謂的靈異遊戲，其實大多數都是騙人的。不過根據記憶，這個遊戲有些例外，因為它具有極強烈的心理暗示能力。遊戲本身，就是來自心理學研究的一個互動性的遊戲。

心理學協會也曾發文告誡過，為了安全起見，沒有必要請勿輕易嘗試這類心理學方面的遊戲。

孫影的記事本裡詳細的記載了在那不存在的六樓，理想中心要他們準備的東西和遊戲的具體玩法。

理想中心那個溫婉的女老師要每個學生都帶以下幾樣東西：

1. 有手腳的絨毛玩偶。
2. 可以裝入玩偶的米。
3. 指甲剪。

4. 針和紅線。

5. 刀、玻璃碎片或者類似的利器。

6. 一杯高濃度的天然鹽水。

根據孫影描述，女老師先是講了一個很有哲理的故事，故事中隱隱的透露了這個遊戲，讓所有學生都對將要進行的遊戲產生興趣。

而遊戲的過程也不複雜。女老師說透過這個遊戲，能夠找到真我！

之後就讓他們做起準備工作，每個人都將帶來的最能代表自己的絨毛玩偶裡的填充物全部取出，然後把米和自己剛剪下來的指甲放進去用紅線縫起來，把剩下的紅線圍繞在玩偶上。

晚上十點十分十秒鐘，為自己另外取一個名字，也幫玩偶取一個。女老師強調，玩偶的名字絕對不能用自己的本名。於是孫影為自己取名為影影，而自己心愛的玩偶則取名為花花。

十點二十二分二十二秒，對著玩偶喊三次名字，說「我是鬼」，然後將玩偶放在放滿水的浴缸裡。

孫影照做了，她對著自己的玩偶喊道：「影影是鬼。影影是鬼。影影是鬼。」喊完後，有些捨不得的把玩偶丟入擺在教室正中央，已經盛滿水的浴缸裡。玩偶漂在水面上，怎麼都沉不下去。

女老師微笑著看了她一眼，「孫影同學，妳的心不誠哦。用最大的決心，再說一次！」

孫影點點頭，再次大喊道：「影影是鬼！」

話音剛落，詭異的一幕出現了。本來還好好的浮在水面上的娃娃，猶如被綁上石頭，真的沉了下去。

十點三十三分三十三秒，女老師將電燈全部關掉，只打開電視，她把電視調到只有電子噪音的背景畫面，只聽見嗤啦啦的聲音不斷的灌入耳中，單調得讓人心煩意亂。冰冷的黑暗，冰冷的電視光芒，讓偌大的教室顯得光怪陸離。

女老師要所有人都閉上眼睛，默默數數。

等到十點四十四分四十四秒時，女老師才讓大家睜開眼睛。

「拿起你們帶來的刀，是時候向過去說再見了！」女老師輕柔的聲音迴盪在這片越發壓抑的空間中。

孫影照著女老師的吩咐，拿著刀，將沉入浴缸底部的玩偶拿起來，對著玩偶說：「找到你了，花花。」

然後一刀刺向玩偶。

當孫影在女老師的引導下，將刀深深的刺入自己帶來的心愛玩偶時，總覺得耳邊傳來了什麼東西破裂的聲音，彷彿整個世界都搖晃了一下！

「接下來是你喔，花花。」孫影將被刀刺穿的玩偶再次放入浴缸中，這次，玩偶毫無阻礙的沉入水裡，彷彿放進去的不是塞滿米的娃娃，而是一團沉重的水泥。娃娃沉下去時，甚至發出了刺耳的「撲通」聲。

「好了，接下來的兩個小時，你的娃娃會開始到處找你喔。」女老師拍拍手，大大的眸子在黑暗的空間裡顯得有些發亮，「你們自己拿著自己帶來的鹽水，馬上到教室各個密閉的地方躲起來。不要讓自己的娃娃找到。」

女老師帶著笑意，可是她的聲音卻冰冷刺骨，似乎完全不是在開玩笑。不過參與的眾人到現在還將其當作一個遊戲，笑嘻嘻的照辦了。

這棟大樓的第六層很大，孫影到處跑，尋找可以躲藏的地方。整層六樓的燈光完全被女老師關掉了，但跑得越遠，越只能看到遙遠的女老師站在發出白光的電視前，陰森森的看著自己。

孫影有些害怕了，這該死的教室開燈時也就只是百多平方公尺的大小而已。可是怎麼一關燈，就變得無限大似的，怎麼跑都跑不到盡頭。周圍的黑暗吞噬了一切，每塊黑暗都是無限擴張的空間，孫影跑了好幾分鐘，終於找到一個櫃子。

她打開櫃子，躲了進去。完全密閉的空間，讓她安心了許多。

照著女老師的話，孫影把帶來的高濃度鹽水的瓶子打開，倒了一些在嘴裡，沒有吞下去，只是含著。高濃度的鹽水苦澀無比，在舌尖的味蕾上擴散開，讓每個味蕾都難受無比。

但是更加難受的，是腦袋。

孫影總覺得，自己的腦袋變得奇怪起來，似乎有無數個念頭在大腦中亂竄。甚至有些念頭是從前的自己根本想都不敢想的。

難道這就是理想中心的教育方針，藉著遊戲和對人的心理暗示來超脫從前的自己，改變從前的自己。讓自己變得更適合這個社會？

身為老師的孫影瞭解理想中心的教育方法，越想越覺得有可能。

漫長的兩個多小時，一點一滴的流逝，流逝的速度比想像中慢很多。突然，在這個空蕩蕩沒有絲毫聲音的空間裡，似乎有一個小碎步的聲音猛地傳入孫影的耳朵裡。

孫影渾身一顫，恐懼越來越強烈。那小碎步絕對不是人類能發出來的，聲音很輕，代表著發出聲音的東西也很輕。踩在地面的腳步，像是兩團輕飄飄的棉花擦拭著木地板。

孫影不敢朝外邊看，哪怕只是一眼，她緊緊的閉上眼睛，怕得要死。

口中的鹽水，更加苦澀難忍了！

發出小碎步的物體越來越近，它繞著孫影躲藏的櫃子，一圈又一圈。就在孫影瑟瑟發抖得快要瘋掉時，它居然離開了。一邊遠離，一邊還發出怪異的笑聲。

那聲音聽來陌生又熟悉，令孫影不知所措。

等到小碎步聲完全遠離了，她才恍然發現，兩個小時似乎已經過去了。孫影顫巍巍的從櫃子裡鑽出來，一絲光線從天空射下，刺得她眼睛發痛。突然間，她像是意識到了什麼，嚇得一屁股坐在地上。

投射下來的是陽光，暖洋洋的朝陽照在她身上，孫影卻完全感覺不到溫暖。怎麼會，剛剛明明還在冠宇大廈的六樓，明明不到午夜十一點。可是轉眼從櫃子裡爬出來，就變成了早晨。

老師去哪了？其他學生去哪了？

還有最重要的，教室去哪裡了？

孫影臉色呆滯的看著周圍的環境，這明顯是冠宇大廈的頂樓，空蕩蕩的空間，骯髒的頂樓地面上堆滿了灰塵以及許多雜物。哪裡還有寬敞明亮的教室的蹤影。

頂樓上，雜物堆裡有著老舊的講臺，破爛的白板，頂樓最中央，甚至還擺放著一個破碎不堪，爬滿污垢的老式浴缸。

孫影連滾帶爬的跑到了浴缸前，只看了一眼，她就險些暈過去。渾身惡寒讓她驚悚不已，只見浴缸中，還亂七八糟的扔著幾把刀。其中的一把在陽光下閃爍著光澤。刀的手柄是白色的，很獨特。

這，不正是自己從家裡帶來的刀嗎？

如果自己是在做夢的話，這把刀是怎麼回事？理想中心應該不是幻覺吧？還有自己的娃娃，被刀刺穿的娃娃，怎麼沒在浴缸裡？

孫影瘋了似的再仔細尋找了一遍，沒有，果然沒有。自己的玩偶不見了。

她嚥下一口唾液，寒冷的感覺從體表轉移到了心臟。心臟冷得快要凍結了，可仍舊無法容納龐大無邊的恐懼感。

因為那個女老師最後的話還縈繞在耳邊。

「遊戲的結束方法很簡單，在躲起來以後的兩小時內，絕對不能被自己的玩偶找到！在嘴裡含少許鹽水可以混淆娃娃的注意力。兩個小時後出來，然後去浴缸找自己的娃娃。如果玩偶還在的話，那麼一切都好，大家離自己夢寐以求的人生就只剩下最後一步了。

「飯要一口一口的吃，對吧？找到玩偶後，將它從水中撈出來。按照杯子裡的鹽水，嘴裡的鹽水的順序，倒在玩偶身上，然後大喊三聲『我贏了』。

「遊戲就此結束！

「但是，玩偶也有可能不在浴缸裡。如果真的不在的話，那就麻煩了。因為這就意味著，玩偶或許在你都沒發現的情況下找到了你。所以它離開了，準備用同樣的方法，毀掉你的生活。當然，這個可能性極低，因為，畢竟只是一種遊戲而已。」

女老師的話陰陰柔柔的，穿透進每個人的耳膜中。

其中一人舉手問，「如果真的找不到玩偶，怎麼辦？就沒有補救辦法了嗎？」

「這位同學還真是細心呢。」女老師微笑道：「當然有補救辦法。那就是在玩偶沒有徹底摧毀你，摧毀你的人生前找到它。你手中的鹽水瓶，千萬要保留著。只要逮到了你的玩偶，就用刺穿過它的那把刀重新將它刺穿，將鹽水倒一半進嘴中，噴在它身上。再將剩下的鹽水灌在它的嘴上。對它喊三聲『我贏了』。」

女老師清冷的目光在每個人的臉上都停留了相同的時間，眼中似乎藏著深意，「只有這樣，你才能贏得了它。別擔心，玩偶既然會破壞你的生活，那就註定了只能隱藏在你的陰影中，你的身旁，你的交際圈裡。所以，逮住它的機會還是很大的！」

孫影回憶了女老師的話，滿腦子只剩下一個念頭。該死，那個遊戲不會是成真了吧？娃娃找到了她，正準備破壞她的人生？否則，該怎麼解釋現在的情況？

不行，一定要先到理想中心的櫃檯去問問！

孫影站起身剛走了兩步，突然又回到浴缸前。她將裝著鹽水的玻璃瓶緊緊揣在手中，又將自己帶來的尖刀藏入口袋裡，這才離去！

之後的事情，孫影的記事本裡沒有提及，而記事本上的文字，就從這裡完全中斷了！

我將平板電腦上的資料看完後，心情久久都難以平復。

「所以說孫影在理想中心玩了那個遊戲之後，出了問題。她帶去的玩偶復活了不說，還逃掉了。偷偷潛伏在她的身旁破壞了她的人生。不只殺了最愛自己的老公，而且還詭異的死掉了？怪了，那個玩偶是透過什麼方式影響孫影的想法，讓她瘋狂的？」

我用手敲擊著桌面。

「這個我不清楚，但有一點很清楚，孫影本來是想阻止玩偶的，但是她失敗了。」

小涼姐輕輕地搖了搖腦袋。

御姐茜茜皺著眉頭，「小涼，妳給那個小白臉看這個幹嘛？如果是第一個遊戲還有可能和今天發生的事件有關，第二個關於孫影的資料，完全是她咎由自取嘛。不服公司安排，擅自行動——」

「不對，孫影的事，和今天的事件大有關係！」我搖頭打斷了她的話，「孫影死的時候，全身都纏著紅線。而今天這個學生，不只渾身爆出了紅線，而且那些紅線比孫影身上的更加可怕。居然將其他人也牽扯進去了。不知道那個學生和理想中心有沒有關係？」

我看了小涼姐一眼，「孫影的記事本中，有沒有參加靈魂出竅課程的學生名單？」

「沒有。」小涼滿臉遺憾：「不過有一個人她倒是記得，因為那個人，和我們是同行。」

「是誰？」我視線一凝。還好，還有一個線索。

「我們的死對頭，圖譜教育公司的老闆，沈思。」小涼從電腦裡調出了他的資料，「對於競爭對手我們博時教育通常都有詳細的調查。」

我有些感慨，有個不管事老闆的博時教育之所以能在源西鎮壯大，並屹立不倒，小涼姐果然功不可沒！情報，才是公司最重要的競爭利器。

圖譜教育的老闆沈思是個有趣的人，三十多歲，和時悅穎見過一次面後就對她心生愛慕，至今都死纏爛打。每次時悅穎回到源西鎮，總是能看到他如同聞到腥臭的蒼蠅般飛過來，無時無刻不圍繞著女孩轉。甚至有一次還試圖從博時教育的通風系統爬進位於七樓的時悅穎的臥室。

結果時悅穎立刻就報了警。不過，這傢伙靠著在源西鎮的勢力，第二天就被放了出來。依然笑嘻嘻的繞著時悅穎，說是追求，實則是用盡一切手段，想要得到她。

時悅穎覺得這個沈思很噁心，所以要小涼姐以及茜茜姐只要一有機會，就把那傢伙往死裡弄，最好弄到破產。這造成了小涼對他的調查，是最多的。

「沈思已經很久沒有公開露面了。而且，如果他真的對悅穎有企圖的話，這次我和她回源西鎮，他肯定會跑出來。至少，也要將我這個作為時悅穎丈夫的傢伙無所不用其極的搞定。可是他自始至終都沒有出現。但是他如果真的參加了理想中心的課程。那就說得通了！」我沉吟片刻，「會不會他和孫影遇到了同樣的事？」

「暫時沒聽說沈思出事了，他的公司也還正常運作，不像老闆已經失蹤的感覺。」小涼托著下巴想了想。

御姐茜茜有些煩躁，「最近一個月出太多事了，源西鎮上怪異事件層出不窮，我老覺得，或許會有大事發生！」

小涼低著腦袋，突然道：「奇奇先生，今天你見到我們的一個叫做李夢月的學生了，對吧？」

「見過。挺古怪的一個女孩。」我點頭。李夢月這位趙雪口中的大小姐，氣質獨特，漂亮到可以吸引世間一切生物。但是她的性格太冷了，冷到哪怕多靠近一些，都會把人凍結。這樣的女孩，只需要見一次，就很難忘記。

「她何止古怪。這個女孩是在一個月前來到源西鎮，剛一來就到公司指名要見悅穎。但是悅穎當時不在源西鎮上。她張口就要悅穎的地址，我當然不可能給。於是李夢月乾脆報名進到高三一班，準備一直待在這兒，直到見到悅穎為止。」小涼的話有些吞吞吐吐。

「然後呢？」我不信心思細膩的小涼姐只會說這點八竿子打不到一塊的東西。

果然小涼姐慢慢將心裡的猜測都說了出來，「我覺得，說不定源西鎮和我們公司這陣子的怪事，都是她帶來的。奇奇先生，你想想，哪有那麼巧合的事？她剛來，理想中心也跑來了。之後源西鎮上怪事層出不窮！你說，會不會是她有問題？」

我不置可否，雖然自己也覺得這個絕麗的女孩有些奇特，但是如果真要說她是一切恐怖事件的源頭，真的很難令人相信。那個冰冷的女生，她似乎只對自己的事情感興趣，要去傷害別人，就算是她真有這個能力，恐怕也沒興趣吧。

「你不相信，對吧？」小涼又道：「其實一開始我也不太相信。但是李夢月實在是太神秘了，我透過任何管道，都查不到她的來頭，彷彿她整個人就是突然從天上掉下來的。」

「一個人不可能突然出現，只要生活在這個社會上，就一定會留下生活軌跡。既然她的傭人趙雪管她叫大小姐，肯定是哪個大戶人家的千金吧？」我淡淡回答。

「問題就出在這裡。趙雪的身分很好查，她就是春城一個貧苦人家的女兒。但是李夢月，她住在春城最高級的別墅裡，別墅屬於誰，居然沒有任何人知道。要曉得，那棟別墅的市值，把我們公司賣了都買不了。除此之外，我還真的是查不出所以然來。她的身分證是真的，但是疑點重重。那張身分證，才辦不到一年。而這之前，她也沒有換過舊證件的資料。真是太讓我頭痛了！」小涼揉了揉太陽穴。

我看了她一眼，突然道：「既然將一個想要接近時悅穎的陌生女孩子都調查得那麼清楚，那麼對於我，妳們恐怕調查得更仔細吧？」

小涼的臉色一變。

「算了，我不在乎妳們是時悅穎什麼人，也不在乎妳們這兩個有能力的人為什麼要屈就在時悅穎的公司裡。但是，只要妳不傷害她，我就當作什麼都沒看見。」我嘆了口氣：「李夢月的事，小涼姐，妳可以繼續深入調查，就當作是為了安心。」

事件跟李夢月有關，我直覺認為不可能。或許源西鎮這個表面平靜的小鎮深處，有什麼可怕的暗流在湧動著。博時教育是不是屬於暗流的中央，這個自己仍舊不能確定。但是孫影和今天十幾個學生傷亡的事，明顯有種打破平衡的趨勢。

暗流最終會變成明流，將一切吞噬。

理想中心，到底在源西鎮的詭異事件中，扮演著什麼樣的角色？而且這間神秘的公司，完全已經引起了我的好奇心。

「我先去那個冠宇大廈看看。然後再去找圖譜教育的老總沈思問問情況，如果他真的沒有失蹤的話，應該能問到些什麼！」我說完就準備出門。

小涼喊住了我。「奇奇先生，現在理想中心已經不知道蹤影，你去冠宇大廈看什麼？」

「找些東西。孫影的事情有些地方令我實在想不通，我想去現場看看，順便理一理思緒。」我一邊回答一邊叮囑道：「如果悅穎回來了，告訴她我臨時有事，要出門一趟。不用說得太詳細，免得她擔心。」

如果時悅穎知道了前因後果，絕對不會讓我去冒險。這個將自己的一切都看得沒我重要的女孩的愛，對我而言猶如溺水之人的稻草，是一種救贖，同樣是一種負擔。

我不知道的是，自己前腳剛離開博時教育，時悅穎就滿臉蒼白的跑進小會議室中。

「出什麼事了？」看到這位總是處變不驚的女孩一臉不知所措，小涼姐和茜茜姐同時大驚失色的問。

「我親愛的呢？」時悅穎的視線在會議室裡亂竄，卻始終沒有看到我的身影。

在兩人再三追問下，失魂落魄沒了主心骨的女孩這才帶著哭腔說道：「妞妞，妞妞又失蹤了！」

第十一章 失蹤的悦穎

不知道大家知不知道什麼叫做「咕咚效應」，這個名稱源於一則童話故事。說的是早晨的湖邊寂靜無聲。有三隻小兔快活地撲蝴蝶。

忽然湖中傳來「咕咚」一聲，這奇怪的聲音把小兔們嚇了一大跳。

小兔子剛想去看個究竟，又聽到「咕咚」一聲，這可把牠們給嚇壞了。

「快跑，咕咚來了，快逃呀！」牠們轉身就跑。狐狸正在與小鳥跳舞，跟跑來的兔子撞了個滿懷。狐狸一聽是「咕咚來了」也緊張起來，跟著就跑。

牠們又驚醒了在睡覺的小熊和樹上的小猴。小熊和小猴也不問青紅皂白，就跟著牠們跑起來。大象感到驚訝，拉住狐狸問：「出了什麼事？」

狐狸氣喘吁吁地說：「咕咚來了，那是個三個腦袋，八條腿的怪物……」

於是這一路上跟著跑的動物越來越多，還有河馬、老虎、野豬……等等，岸上這陣騷動，讓湖中的青蛙感到十分驚訝，牠攔住這群嚇傻了的夥伴，問：「出了什麼事？」

大家七嘴八舌地形容「咕咚」是多麼可怕的怪物。

青蛙問：「誰見到了？」

小熊推小猴，小猴推狐狸，狐狸推小兔，結果誰也沒有親眼看見。大家決定回去看個明白再說。回到湖邊，又聽見「咕咚」一聲，仔細一看，原來是木瓜掉進水裡發出的聲音。

眾動物不禁大笑起來。

童話很有趣，但是「咕咚效應」在人類社會代表的含義，卻一點都不有趣。那代表著「集體無意識恐慌症」開始蔓延。

所謂「集體無意識恐慌症」就是在公共場合，如果出現集體奔跑、尖叫等現象，大多數人的第一反應是跑，這在心理學上就被稱為群體無意識蔓延。此時大家充滿負面情緒，內心恐慌、擔憂，這種感覺已經超過了人心理能承受的最小閾值。

心理學上常用閾限值說明人的感覺能力。因為人體能夠接受的刺激有一定限度，心理承受能力相對較弱的人，會因此產生一種慣性條件反射，在這種情況下這類人無法對訊息來源有理性的判斷。

「如果小奇奇回來的話，就告訴他，我先去找妞妞了。讓他不要急，在家裡等我。」時悅穎丟下這句話以及一個硬碟後，就手忙腳亂的跑了出去。

留下御姐茜茜和小涼姐面面相覷，兩人暗自吐槽道。這對夫妻的德行還真一模一樣，說不是夫妻都很難讓人相信。隨便丟下一句話就走，完全不顧其他人的感受。

時悅穎為什麼能夠斷定妞妞失蹤了？因為她在七樓宿舍雖然找不到自己的外甥

女，但是卻看到了妞妞留下的一張紙條。

妞妞說自己去公園了，時間是早上九點過後。

怪了，都下午幾點了，她居然還沒回來。而且公司出了這麼大的事，這愛看熱鬧的小丫頭片子不回來吃午飯還能理解，可是不湊過來看熱鬧，就讓人費解了。

時悅穎到公園尋找，但沒找到妞妞，心裡頓時有種不好的預感。她跑到公園管理處，央求要調閱監視器，沒想到這一看，險些將她嚇得魂飛魄散。

透過監控器的畫面，時悅穎找到了妞妞上的公車。但是從監視影像中，竟然沒有看到妞妞下車的畫面。

妞妞上車後，彷彿人間蒸發似的，失去了蹤跡。

時悅穎這才明白，妞妞怕是又遇到了怪事，再次失蹤了。她匆匆忙忙的打聽到在公園裡和妞妞有過接觸的幾個小孩。碰巧公園管理員認識其中一個男孩子，時悅穎要來地址後本想找小奇奇。

但是小奇奇不在，她只好自己開車到男孩家去，看能不能找到些許線索。

男孩的家在源西鎮郊外，需要行經一段高速公路。但沒想到車一開上高速公路沒多久，就突然遇到了異常糟糕的情況。

其實開車的時悅穎，心裡一直很亂，亂得甚至滋生出了罪惡感。她雖然擔心妞妞莫名其妙又失蹤了，可更在乎的，反而是小奇奇跟那個叫做李夢月的女學生之間的古怪關係。兩人雖然沒有真的正眼看過對方，可是時悅穎就是很在意。女人的天性和直覺告訴她，李夢月和小奇奇從前一定認識，只是兩人都忘記了對方。

否則，該怎麼解釋這個自己根本不認識的女孩，會深刻的記得自己呢？根據小奇奇曾經跟自己說過的話，他說有人告訴他，因為一個叫做鬼門的東西，他被切斷了輪迴，全世界已經將他遺忘了。

自己卻深刻的記得他，從未忘記過。不但如此，就連姐姐和外甥女妞妞，也記得小奇奇這個人。而現在又冒出了一個清楚記得她，甚至只記得她的李夢月。

這怎麼會不讓時悅穎胡思亂想！

那個漂亮到不食人間煙火的女孩，極有可能變成自己的情敵。一個自己根本無力抵抗，甚至無法贏得了的情敵。

只是現在的情敵，還只是隱性的存在，小奇奇和她都沒有察覺罷了。雖然逼迫李夢月發誓，但時悅穎腦中一直有個古怪的想法，她想不顧一切的將小奇奇帶走，帶得遠遠的，帶到任何人都觸摸不到的地方，離開源西鎮，離開李夢月，她甚至不想顧自己外甥女妞妞的死活。

這個瘋狂的想法一直縈繞在腦海深處，甚至一度佔據了上風。不過理智總算將其壓制下來。壓制歸壓制，並不代表這個想法會消失，想法反而在心中發酵，變得越來越濃，肆意瀰漫。

心裡一團亂的時悅穎沒仔細看路，只是下意識的開著車。等反應過來時，周圍不知何時起了濃密的霧。怪了，剛剛還陽光明媚得很，怎麼霧說來就來，完全沒有預兆不說，而且還違背了常識。

時悅穎看了看手錶，指針清楚的指在下午三點十三分上。

真是詭異，下午也會有霧。這麼怪的事情自己還是頭一遭遇到！

時悅穎眨了下眼睛，她發現四周的霧太濃了，濃到甚至連二十幾公尺外的地方都看不真切。源西鎮的地理環境本來就不屬於容易起霧的地域，還是下午的霧。難道就是因為霧太稀少，所以也顯得更加特別嗎？

女孩焦急的按了按喇叭，妞妞失蹤了，自己這個做阿姨的必須儘快找到線索，否則姐姐不知道又要擔心成什麼樣。

因為突如其來的濃霧，高速公路頓時陷入停滯狀態。前車不敢走，時悅穎的車也猶如陷入泥潭中，動彈不得。不光是她，就連附近的車輛也開始按起喇叭。喇叭聲震耳欲聾，可是卻也掀不開重重濃霧。

隨著時間推移，霧氣越來越濃重。

「搞什麼啊！」時悅穎皺了皺眉頭。眼前的霧氣剛剛還有十幾公尺的能見度，但現在就連前車的車尾也只能隱約看到。她將玻璃窗降下去，可是只降了一半，就打了個哆嗦。霧氣帶著驚人的寒意猛地從窗外灌進來，女孩吸了一口氣，凍得喉嚨都快要結冰了。

春暖花開的源西鎮，開滿了油菜花的季節，居然會出現這麼寒冷的怪霧。她將窗子重新關上，有些不知所措。

車外，剛剛還此起彼伏的喇叭聲也停止了。白色的霧令視線所及的一切都變得朦朧起來，朦朧之中，隱約看見有些車主打開車門走了出來，換上春裝的人衣著單薄，大多都被凍得受不了。

一些人迅速轉回了車裡，而另一些體魄強健的男性開始往前走，想問問究竟出了什麼事。怎麼突然就大塞車了。

車陣已經一動不動的在原地停了半個多小時。

時悅穎猶豫了片刻，想要撥通電話給小奇奇，可是將手機掏出來後，又重新塞了回去。自己真沒用，才離開沒多久而已，她就想聽小奇奇低啞，富有磁性的聲音了。不過，那聲音無論什麼時候進入耳朵裡，都能迅速平復自己的焦急，彷彿天塌下來了都無所謂。

小奇奇會替她頂著。

不由得回想到小奇奇不久前還一臉嚴肅的對自己說，男人就應該養家的時候，時悅穎「噗嗤」一聲笑了出來。這個男人，還真是可愛呢。

大塞車依然在持續著，霧氣益發嚴重，能見度也越來越低。高速公路下方漫山遍野的油菜花田完全看不到了。只有白色，覆蓋一切的白，令人窒息的白。明明知道前方有車，可是時悅穎卻什麼都看不到。彷彿整個世界只剩下她一人一車，在這漫漫無邊的空間中獨自耗盡時間。

這麼一想，時悅穎突然怕了。

突然，從前車走過來一個人影。是個男人！他敲了敲時悅穎的車窗。女孩本不想理會他，畢竟在大霧中，誰也看不清楚誰，如果這個男人有什麼不良企圖其他人也來不及阻止。特別是時悅穎本就是非常漂亮的女子，又是獨自一人。防人之心不可無！

可架不住那個男子的耐心，男子沒有任何可疑的舉動，就是一個勁兒的敲窗戶。或許真是有什麼要緊的事情！

時悅穎猶豫著，最後還是將車窗打開了一絲縫隙，「什麼事？」

清雅的聲音輕輕迴盪在這空寂無聲的迷霧中。

「女士，前面出事了。妳最好棄車走吧，塞車不知道還要塞多久。」男人說。

「前面出了什麼事？」時悅穎依然很警覺，她可不會因為陌生男人的一句話就敞開車門棄車走人。

「我也不太清楚，據說是嚴重事故，還有人死掉了。很多人都下車準備找最近的高速公路交流道離開。」男人又道。

「知道了，我再等等。謝謝。」時悅穎笑了笑。

男子詫異道：「妳不走嗎？再不走就有危險了！」

「沒關係，我老公剛剛到前面看到底發生了什麼事，等一下就回來了。等他回來了我就走！」女孩禮貌的道謝，說得滴水不漏。雖然眼前的男人面容忠厚老實，說話也很誠懇，但時悅穎也不是笨蛋。

「那好吧。如果妳要離開的話，朝後方走。沒幾公里就有一個交流道口。」男子指了指車尾的方向，毫不遲疑的轉身離開。走沒幾步整個身體就都融入了霧中。

或許那男人說的是真的吧，不久後，集體恐慌蔓延症開始擴散。陸續有人慌慌張張的步行著、小跑著從前方湧來，每個人的步伐都很快，隱現在霧氣中的神色也很焦急，彷彿前邊真的出了什麼了不得的大事情般。

又過了半個多小時，前方的人已經走得差不多了，近五分鐘內沒有再看到一個人出現在霧裡途經自己的車。此時，時悅穎也開始動搖起來。

那麼多人都走了，要說前邊沒發生什麼大事也很難相信。霧不知道要多久才會散，現在已經嚴重堵車了，要等交通疏散肯定是遙遙無期。調查妞妞失蹤的線索比較重要！還是，下車步行吧。

時悅穎想了想，終究還是打開車門走出去。高跟鞋一踏到平地上，就發出尖銳的踐踏聲。那聲音在鬧區很難辨別，但在這空寂無人的迷霧中，就不同了。吵得很，也令人生厭。

她從後行李廂翻出一雙紅色運動鞋換上，拿了包包和手機，鎖好車門，這才一步一步的離開汽車，走入了霧氣裡。不多時，她的身旁，就只剩下白霧和刺骨的寒意。

女孩感到周圍的空氣越發的冰冷刺骨，充斥了整個視線的霧氣令天空只剩下少許的光線透入，極低的能見度，甚至令她覺得整個世界，只剩下她一人。

霧氣中的天地，猶如異世界。

時悅穎小心翼翼的往前走，運動鞋很輕巧，但是踐踏在地上的聲音仍然在這片沒有聲息的寂靜中顯得刺耳。不知道走了多久，一路上她居然一個人也沒有遇到，就好似世界都停滯了般可怕。

又多走了幾步，女孩停下腳步。她害怕了，終於掏出電話看了看。冰冷的電子螢幕顯示四點整。一個人走在霧氣裡，感官和生物時鐘都出了錯。時悅穎本以為自己已經往前走了幾個小時，可自從停車到現在，也不過半個多小時罷了。

她看了看手機訊號，還好，是滿格。當她撥通了小奇奇的號碼時，電話雖然很快接通了，可那邊傳來的卻是電子噪音。刺骨的電子噪音中是低啞的呻吟以及可怕的嘶吼，嚇得時悅穎立刻將電話掛斷。

之後再撥，卻無論如何都無法撥通。她焦急的試著撥了別的號碼，甚至撥打報警電話，可是沒有一通電話撥打成功。

時悅穎將視線移動到螢幕上，手機螢幕右上角的收訊格數，仍舊是滿格。

「什麼爛手機啊！」女孩難得不淑女的罵了一聲：「算了，還是老娘我自己走吧，唉。」

她學著御姐總監茜茜姐的語氣自稱老娘，彷彿這個女漢子的語氣給了時悅穎勇氣，她大步大步的邁開腳步加快速度往前走。

又走了沒多久，時悅穎突然「咦」了一聲。在不遠處，她終於看到了一點除了白色以外的顏色。

那是一點紅，鮮豔的紅。

那紅色的鮮豔就算是濃霧也無法遮蓋。

那抹紅色離時悅穎大概有五十幾公尺的距離，這讓她頓時振奮起來。空無一人的高速公路上，白茫茫的霧已經讓時悅穎快要精神崩潰了。能看到白霧以外的東西，令女孩似乎一下子就找到了前進目標。

她的腳步更快了。

五十幾公尺的距離正常人走也不過只需要半分鐘，小跑過去的時悅穎潛力爆發，只花了十幾秒。紅色的點在瞳孔中越變越大，終於，她總算看清楚了，那根本就不是什麼紅布，而是一個人，一個穿著紅色衣服的人。

在距離五公尺遠時，時悅穎停了下來。那是一個女人，長頭髮，烏黑的髮絲很亂，糾結的披在肩膀上。女人穿著紅色的長裙，那條裙子的樣式很古怪，看在眼裡有種令人難受的感覺。紅色連身裙遮蓋住了女子所有的皮膚，就連脖子也沒在立領中露出來。

女人站在這條空曠的高速公路上，就那麼站著，一動也不動。身後的霧氣一如黑白電視收不到訊號的噪點，高速湧動時，甚至給人一種整個畫面都在抽搐的視覺差。

詭異的女人令時悅穎猛地打了個寒顫。女人背對著她，時悅穎只能看到她的背部，女人很高，比自己還高。如果不是她的長髮在風裡不時被吹動，時悅穎甚至認為這個有些讓人害怕的女子，只是一幅老舊照片上的平面圖像。

「那個，請問一下，妳知道前面出事了嗎？」時悅穎伸出手，白皙的手指指了指自己來的方向。

紅衣女人彷彿沒有聽到她的聲音，仍舊安安靜靜的站著。一陣寒風吹過，時悅穎頓時毛骨悚然起來。

她突然意識到一件事，明明那麼濃的霧氣，周圍什麼都看不到，能見度甚至低於五公尺。自己剛剛究竟是怎麼看到五十公尺外的紅衣女人的？

時悅穎再次打了個寒顫，她轉動眼睛觀察了一下四周。周圍同樣有車，但同樣是五六公尺的距離，紅衣女人清清楚楚的出現在自己眼前。而身後五公尺外的一輛紅色轎車，卻模模糊糊的。

這太不可思議了，甚至可以說完全違反了物理定律。霧氣的分佈就算是有差別，但也應該是大範圍的。怎麼可能在方圓五公尺的空間裡，唯有紅衣女人能看得清楚，而別的方向，霧氣依舊濃厚，遮蔽視線？

難道，這個女人有問題？

時悅穎嚇了一大跳，她覺得自己還是少招惹這女人為妙，乾脆識大體的早點離開。一邊想，女孩一邊向後退：「哈哈，那個，您慢慢在這裡發呆，我先走了！」

女孩順利的離開了，走了幾十步後，回頭一望。紅衣女子仍舊站在原地，已經變成了一點紅色。而她周圍的景色，早已模糊得亂七八糟。那一丁點的紅，猶如釘子似的，死死的釘在自己的視線裡。

「這還真是怪事，回去跟小奇奇說說，看他能給我什麼科學的解釋。」時悅穎搖了搖頭，繼續邁腳走。她盤算著應該再過不久就會有交流道了。這個地方離市區很近，下交流道不用太遠就能招到計程車。

正當她滿心期待尋找交流道時，猛地某個東西躍入了眼簾，時悅穎頓時渾身冰冷，停住了腳步。

她的心，咯噔一聲，深深的沉了下去！

只見離她大約四十公尺遠的前方，有一個紅色的點，一個熟悉的紅點。她感到手腳冰冷，遲疑的向後望了一眼，背後仍舊有一個紅點。那是那個紅衣女人的影子。

怎麼回事？

時悅穎鼓足勇氣，緩緩的繼續往前走。距離越來越近了，紅點在她的瞳孔裡不斷變大。果然，眼中的紅點仍舊是一個人，一個穿著紅色長裙的女人。那個女人有著雜亂的披肩長髮，身材樣貌，和剛剛看到的一模一樣。

不，這分明就是剛才的女人。

但是高速公路只有一條路，剛才的女人分明沒有動過，就算現在回過頭，也能看到那女人縮小到勉強能見的紅色身影。這說明剛剛的詭異女人，確實是沒有移動到自己的前方。

那麼，現在眼前站著的紅衣女人，又是誰？

「喂……」時悅穎張嘴剛發出了一聲「喂」，就牢牢的閉上了嘴巴。這個紅衣女人顯然也沒有搭理她的興趣，自顧自的站在公路上，頭低垂著，背對著她，讓時悅穎看不清她的臉。

女孩又怕又好奇，兩個女人的確很像，難道是雙胞胎？可如果真是雙胞胎的話，幹嘛一動也不動的站在濃霧裡的高速公路中央？難道是神經病？但是神經病也怕被車撞啊！

「我說妳，呃，需要幫助嗎？」時悅穎早已經覺得情況有些不太對勁了，但是仍舊想搞清楚到底發生了什麼事。她乾脆又稍微靠近了兩步，想要看清女人的臉。

這一看險些將她嚇得魂飛魄散。

第十二章　離奇的社團

這個世界本身就是疲憊不堪的，誰死了，誰活著，其實並不會引人注意。每個人都認為自己是世界的中心，可有朝一日死掉後，地球依然轉動不休。活著的人呢？依舊在自己的痛苦當中煎熬。

我一邊感慨的看著身旁走來走去面色如常的人群，這些人絲毫不會因為早晨這棟樓上曾經有學生下餃子似的跳下來而有絲毫的恐慌。最多有幾個人駐足，往博時教育的五樓看幾眼，評論一下死了多少人，猜測一下究竟出了什麼事。

然後？就沒有然後了！

順著人行道前行，沒多久，就來到冠宇大廈，才走入，一股冰冷的被監視感就出現了。我忍住沒有回頭，只是藉著到處都是的玻璃櫥窗的反光觀察跟蹤自己的人究竟是誰。

但是，無論我如何細心的察看，都找不到跟蹤者。自己只能放棄，按下電梯按鈕。進出冠宇大廈的人很少，電梯很快就到了一樓。隨著金屬門敞開，一股陰冷的空氣立刻撲面而來。我走入電梯，先是來到二樓。

二樓空蕩蕩的，原本不久前還租了一整層的理想中心現在早已搬走了，二樓什麼都沒剩下。我偷偷溜入辦公室找了找，發現地面的灰塵很多，根本就沒有近期辦公的痕跡。從灰塵量判斷，辦公室至少有快一年沒有使用過了。

果然，理想中心租下二樓只是個幌子！除了設一個接待處，那個空殼公司什麼都沒有搬入二樓的辦公室裡。

見這鬼地方沒任何收穫，我重新坐上電梯。電梯裡的按鈕只有三排，最高的樓層也不過五樓而已，哪來的六樓。當初孫影是如何到那不存在的六樓去的？難道那也是一種心理暗示？

我坐電梯到達五樓，然後順著樓梯爬上頂樓。頂樓和孫影描述的一樣骯髒老舊，正中央位置確實擺著一個古老的浴缸。也不知道丟棄浴缸的人怎麼想的，居然將浴缸丟在大廈的樓頂上。

我探頭朝浴缸裡望了望，五把尖銳的刀仍舊在浴缸裡安靜的躺著，在陽光下閃爍著陰冷的光澤，看得人背脊涼颼颼的。

突然，樓梯間發出了一聲奇怪的撞擊聲。我轉頭喝道：「誰在跟蹤我，有種跟蹤，沒有種出來見人嗎？」

「哼。」一個清冷的哼聲從樓梯間傳來，接著一個穿著白色連衣裙的女孩，緩緩露出了身影。

居然是博時教育的學生李夢月。

這個有著神秘和冰冷氣質的女孩秀麗的眸子看了我一眼，然後便移開了。

「妳跟蹤我幹嘛？」我有些不解。這個女孩不是只對時悅穎有興趣嗎？

「我，偷聽了，你們的，話。」李夢月看著骯髒的樓頂，似乎也一無所獲，「孫影老師，很好，我想，幫她！」

「幫她？什麼意思？」我不懂她話中的意思。不過這個女孩居然跑到宿舍區的小會議室來偷聽，惡趣味還真是有些濃。

李夢月沒回答，她一眨不眨的望著蔚藍天空，感覺光的粒子充滿了眼眸。看夠了這刺眼的藍天，她才淡淡的說：「張蕾死了。」

「張蕾是誰？」我更加疑惑了。這清冷女孩的思維，還真是有夠跳躍的。一下子從對她很好的孫影身上，跳躍到了那個自己完全沒有聽過的張蕾身上。

「茜和涼，有事，騙了你！」李夢月撥弄了一下被大風吹亂的頭髮，「張蕾，是第一個，失蹤，女孩。失蹤時間，上個月二十六日。今早，被發現，猝死在床。渾身纏繞，紅線。」

我皺了皺眉，「猝死在床？妳的意思是，張蕾的事情，發生在孫影之前。紅線事件和理想中心沒有關係？」

李夢月輕輕搖了搖腦袋，她伸出手，將一張A4紙遞了過來，「拿去。」

「什麼東西？」我一邊接過來，一邊看。居然是一張表格，表格寫得很仔細，詳細的列出了一連串的失蹤事件。而表格上的人名，我竟然一個都不認識，也從沒在小涼姐的口中聽說過。

如果上面的東西全都是真的，那麼小涼和茜茜的身分，就有些值得懷疑了。她們真的是為了時悅穎的公司在努力嗎？她們，為什麼要將事情通通隱瞞下來？

「事情，都，發生在，博時教育。」女孩用清雅的聲音解釋。

我再次仔仔細細的看了一遍，覺得可信度很高。博時教育在發生今天的紅線事件之前，確實已經失蹤了三個人。第一個是高三三班的張蕾，消失於上月二十六日。第二個消失的是李永，高三二班，失蹤於上月二十九日。第三個失蹤的是高三一班的趙蘊，這個月的一號失蹤的。

根據李夢月的表格，這些人的失蹤全都有一定的規律。他們每三天失蹤一人，全都是上學路上突然不見的。

而他們失蹤時，都出現了濃霧。濃到難以想像的霧！據看到的人說，那些濃霧裡有許多紅線蟲似的東西，彷彿是無數根翻滾著的紅線。而且這三個人無一例外，都是博時教育的學生。難道是有什麼在針對博時教育？

「剩下的，兩人，仍舊失蹤。」李夢月說。

我呆呆的看著她做的表格，突然抬頭看著她，一眨不眨的看著，「妳為什麼要告訴我這些？」

「好奇。」女孩面無表情的說，我實在看不出她哪裡對我好奇了，「時悅穎，我，唯一記得，的人。她，讓我，發誓。絕不，和你，在一起。」

女孩撇嘴道：「為什麼？我，好奇！」

我沒好氣的道：「既然都已經答應了別人，都已經發誓了。結果妳還是毫不猶豫的違背誓言，跑來接近我。看妳冷冰冰什麼都不在乎的樣子，沒想到做事居然這麼沒分寸。」

自己不由得對這個一身寒意的絕麗女孩沒了好感。

「聽說，你也，失憶了！」李夢月根本就不在乎我的好感度，問道。

「不錯。」這件事御姐茜茜和小涼也知道，並不算什麼秘密。

「很有趣，我，也是。」李夢月眯著眼睛，「或許，我們之間，真有些，什麼。」

「或許，一丁點關係也沒有。」我搖頭，「妳這個結論是從哪裡得出來的？」

女孩臉上浮現出一絲困擾，「女人的，直覺！」

我靠。自己頓時無言。雖然說有時候第六感是真有參考價值，但是這傢伙明顯是三無女（無口、無心、無表情）的設定，三無女哪有什麼第六感！

「今天，星期幾？」三無女獨有的跳躍屬性又出現了。

「星期四，怎麼了？」我下意識的回答。

「很好。」李夢月點頭，用命令的語氣說：「跟我去，一個，地方。」

「三樓，最後一間，辦公室。」女孩用腳跺了跺頂樓。

我看了看錶，下午四點四十五。斜下的夕陽染紅了最後一絲雲彩，如血般帶著濃濃的不祥。

「我為什麼要跟妳去？」我搖著腦袋。和這個不守承諾的女孩，自己什麼興趣也沒有。

「或許，能，恢復，你的記憶。」李夢月淡淡道：「我，茜與涼，究竟誰，說謊。為什麼，說謊。你，不想，知道？」

我本想離開的身體突然一怔。不錯，李夢月與茜茜姐、小涼姐，兩者之間肯定有人撒謊。如果是李夢月撒謊還好處理，但如果是另一邊，就麻煩了。

至少意味著她們接近時悅穎的原因，比自己想像中的更加複雜。

「好吧。」我緩緩道：「不過，妳可不要給我耍什麼花招。」

怪了，這棟樓三樓的最後一間辦公室裡能有什麼，可以給我答案？

走進電梯，沒想到冰冷如雪的李夢月居然主動的解釋起來：「那裡，有個，神秘女孩。我跟她，交集不多。她，自稱，趙韻含。說，如果有，麻煩。就去，找她。」

「她，知識，淵博。對超自然的東西，有見解。」

「她，讓我注意，紅線。」

「或許，她，知道什麼。對我的，失憶。還有你的，事。」

三無女說話的速度很慢，彷彿每多說一個字，都在消耗生命。但是偏偏又面無表情，實在是讓看得人感覺很矛盾。

冠宇大廈的三樓，同樣一家公司也沒有。整層都黑漆漆的，什麼東西都看不到。

我和李夢月順著一扇破爛的窗戶爬進去，用手機當電筒，在這條彷彿怪獸嘴巴的走廊裡走著，時間在這寂靜無聲的地方被拉長了，總覺得過了一個世紀才走到底。

我用手機照了照，只見最裡面的辦公室右側貼著一張A4紙張。我朝紙上的印刷字一看，險些笑出聲來。居然是「一切超自然事物研究社」！搞什麼鬼，這像是在學校裡鬧著玩，而且還永遠都湊不齊三個社員的研究社，居然被李夢月有板有眼說得神神秘秘，弄得自己都認真起來了！

該死，難道是被身旁的三無女給耍了？

「趙韻含，自稱社長。每個禮拜四下午五點，都會在這，發呆。」李夢月完全不在意我埋怨的眼神，敲了敲門，解釋道。

可幾分鐘過去了，根本就沒人回應。

顯然，這出乎了三無女的意料。她極有耐心的繼續敲門。

可是總覺得自己被耍了的我已經耐心耗盡，我阻止了她，「李夢月同學，妳太迂腐了。做事情還是應該果決一些才好。」

我從地上撿起一塊磚頭，用事實證明究竟什麼是決斷力。李夢月還沒來得及阻止，磚頭已經和辦公室的玻璃來了次親密接觸，玻璃無可奈何的粉碎了。

清脆的響聲令三無女有些目瞪口呆，暗想趙韻含那傢伙如果發現自己的地盤被砸了，不知道會不會發怒的將身旁這傢伙扔到火星上去。

「李夢月同學，妳自己看。」我將頭深入破掉的玻璃窗中，隨後皺起眉頭，「妳確定真的有人每個星期四都在裡邊？」

「確定。」李夢月點頭，但是當她也探頭往內望去時，整個人再次呆住。只見老舊的辦公室中，只有破舊的桌椅和灰塵，根本就沒有人類曾經辦公過的痕跡。

「回去吧，我得仔細想想，最近的怪事還有許多呢。」我感覺腦袋很痛，最近被圍繞著博時教育的神秘事件弄得頭昏腦脹，腦神經都有絕望罷工的衝動。沒想到這個三無女還來湊熱鬧，拿自己尋開心。

李夢月什麼都沒有辯駁，跟在我身後，默默的朝來時的路走去。

突然，我的視線偶然掃過她身後被砸破玻璃的辦公室，突然一股惡寒猛地從腳底竄上了背脊。

黑暗中的窗戶上方不知何時出現了一些白色的陰影，就連沒有關係的漆黑，也不能阻礙它在自己的眼眸中形成。那白色陰影，以難以形容的速度變深變大。那是霧，一團正在具象化的白霧。

霧氣裡，無數根紅線蟲似的紅線正在翻湧著，像是一根根的觸手，想要將我和李夢月逮住。

「小心！」我剛想一把抓住李夢月的手，可是卻被三無女敏捷的躲開了。

「諾言，仍舊，需要，遵守。哪怕，一部分！」三無女在這緊急關頭，突然想起要信守承諾了。

「該死，快逃！」我大罵一聲，在這狹小的地方努力拔腿逃。

李夢月的速度絲毫不慢，跟著我從三樓逃了出來。三樓之下是蜂擁而出的霧氣，我們不敢往下走，只好沿著消防通道一路向上。兩人跑到頂樓，霧氣總算是沒有再追上來。

我順著頂樓朝下邊看了一眼，只是一眼，整個人瞬間猶如遭到雷擊，呆在原地。

怎麼回事？到底是怎麼回事？

我的腦袋亂成一團。李夢月好奇的順著我的視線也望了過去，頓時，她處變不驚的三無臉上，終於閃過了一絲感情色彩。

那是，驚訝。

只見整個源西鎮，視線所及的範圍內，都被濃烈的白霧籠罩住。濃霧只盤據在五樓以下，無數根紅線在濃霧裡，彷彿擁有了生命，如同生物般亂竄。

而源西鎮中的居民到底是生是死，怎麼樣了。

沒人知道。

我的心變得冰冷無比。
冠宇大廈，像是一葉孤舟，承載著我和李夢月，漂浮在白霧之上。
同時，也斷絕了我倆所有的生機！

尾聲

空蕩蕩充滿迷霧的高速公路上，除了詭異的紅衣女人，就只有時悅穎。兩人相距不遠，而且覆蓋一切的詭異迷霧，卻遮蓋不住那個女人的身影。

紅衣女人隨著時悅穎的移動，逐漸改變角度。等時悅穎終於轉到女人的臉部前，她發現女人瀏海下的臉上，居然什麼也沒有，只有一隻耳朵。

不錯，真的只有一隻耳朵。沒有眼睛嘴巴鼻子，女人的臉龐呈瓜子狀，在中央的位置，一個小巧精緻的耳朵聳立在原本應該是鼻子與眼睛中間的地方。

人類絕對不可能有如此怪異的相貌，被毀容可能，但是沒有呼吸器官，人類根本就不可能存活。這個紅衣女人，根本就不是人類！

「啊！」時悅穎嚇得尖叫，接著她突然想到了什麼，拚命的捂住了自己的嘴巴。

但是已經晚了。剛剛還完全不搭理她的紅衣女人，臉中央的耳朵因為她的驚呼而動了幾下，隨後，紅衣女人也動了。她低垂著的手抬了起來，手上的手指很長，長得不正常。人類的五指長短都是不一的，可是這個女人的手從袖口伸出來後，竟然比她的臉更可怕。

女人的手掌很短，每一根手指都長得猶如筷子似的，粗細完全相同。長達二十多公分的四根手指頭隨著女人的挪動，揮舞著，軟趴趴的朝時悅穎抓來，時悅穎猛地向後退了好幾步。

幸好女人的行動很緩慢，她的每一步都像幾百年沒有上過油的機械，關節僵硬，一走路就會發出奇怪的摩擦聲。

時悅穎不敢停留，心驚膽顫的朝遠處逃去。紅衣女人很快就被她拋在腦後，但這簡直噩夢般的經歷根本就沒有盡頭，跑沒多遠。女孩就絕望的看到，前方不遠處隱隱有個清楚的紅點安靜的站立在風吹不散的濃霧中。

她回頭，那個絕非人類的紅衣女人已經一步一步，緩緩的向她追趕過來。

沒有辦法，時悅穎只能往前繼續逃。她心裡不停祈禱遠處那紅點只是一塊紅布，一塊破爛的被無良車主拋棄在高速公路上的紅布。

這條寂靜無人的高速道路上，被扔下的車排成一整排，車上的人都不知道去哪了。在濃霧中，時悅穎感覺自己跑在末日的世界裡。整個世界，就剩下她還存在著。

她心跳得厲害，眼淚不由得流了出來。

要是跟自己親愛的在一起該多好，和他在一起，天塌下來都有他保護自己。哪怕是死，也不會令自己害怕。為什麼她會遇到這麼可怕的事情呢？

她心裡一驚，難道妞妞，也是遇到了相同的怪事才失蹤的？

眼前紅色的點越來越接近，時悅穎也絕望了。果然希望這種東西就是被用來破滅的，那個紅點不是一塊布，更不是被隨意丟棄的破衣服，而是一個女人，一個穿著紅色長裙的女人。

和身後追趕自己的紅衣女人一模一樣。

時悅穎的心臟緊張得快要跳出了胸腔，她儘量降低速度不發出絲毫聲音，試圖偷偷從不遠處不知從哪冒出來的紅衣女人身旁偷偷溜過去。

灰濛濛的霧氣裡，紅衣女人像那個後面追趕她的一樣，剛開始一動也不動。時悅穎繞過她，剛要鬆一口氣時，女人猛地動了起來。

它的手抬起，險些抓住時悅穎的肩膀。

時悅穎「哇」的怪叫一聲，腳一用力，好不容易才躲開。她已經跑了好幾分鐘，這個體力不佳的女孩漸漸沒了力氣，腳步也開始慢起來，維持不了剛才的速度。

女孩氣喘吁吁的越跑越慢，第三個紅衣女人轉過頭，她那張空蕩蕩的臉上，果然也只有一個小巧的耳朵。只是這只耳朵更靈敏，就連時悅穎沉重的呼吸聲也捕捉到了。兩個紅衣女人開始追趕起她來，時悅穎覺得自己就快要魂飛魄散了！

堅強的時悅穎忍著肺部快要燃燒的痛苦，忍受著腳掌傳來的痛楚，不停地逃。這次逃的距離更短，二十多公尺遠的地方，出現了第四個紅點。

時悅穎絕望到不知道該怎麼反應了。她有一種想罵人的衝動！

該死，這是要逼死誰啊。誰知道這些紅衣女人有幾個，再往前逃的話，這條不寬的高速公路早晚會被這些詭異的紅衣女人填滿。

就在這時，女孩的眼前一亮。翻騰的霧氣中，一成不變的高速公路總算有了一絲變化。一條通往外界的出口出現在十幾公尺外的地方，就在第四個紅衣女人的背後。

時悅穎小心又小心的朝後一看，兩個紅衣女人已經追趕到離她僅僅只剩下四十公尺了。

四十公尺說遠不遠，說近不近，但是躲開前邊那個行動遲緩的紅衣女人還是夠了。時悅穎一咬牙，決定拚一次。

她停住腳步稍微歇一歇，為等一下的衝刺做準備。休息了大約五秒鐘，女孩邁開腳步使勁兒跑起來。

第四個紅衣女子的耳朵比第三個還靈敏，她居然聽到了時悅穎由遠而近的腳步聲，她提前抬起手，伸出了至少有三十公分長的纖細指頭。

十根指頭，每一根都可怕無比。皺巴巴的皮膚，高高隆起的指節，簡直就像西方國家壁畫上巫婆的手。

但是時悅穎短暫的休息為她補充了些許的力氣，靠著剩下的唯一一點耐力，女孩順利的躲過了紅衣女人抓過來的手指。

「逃、逃出來了！」女孩大口大口喘著氣，好不容易才躲入了高速公路的出口匝道。腳一踩在匝道的路面，本來還準備追趕過來的紅衣女人居然停住了腳步，而離她只剩下二十幾公尺的另外兩個紅衣女人也沒有再追她的意思，乾脆的停在原地！

時悅穎總算緩了一口氣，雖然她力氣用盡，但是卻完全不敢停留，只能一拐一拐的用痛到不行的腳掌走路，準備離開這可怕的鬼地方。

正當她走到出口盡頭時，突然，她像是發現了什麼似的，頭也不回的往回跑，拚命地跑，不顧自己的腳痛，甚至不顧高速公路上還有詭異的紅衣女人。

但是，女孩才跑幾步，入口的地面就猶如一根怪物的舌頭，竟然收縮了起來。

「不要！小奇奇，小奇奇！

「快來救我！」

時悅穎絕望的聲音迴盪在逐漸消失的濃霧中，最終和那突然出現又突然消失的濃霧一起，失蹤得乾乾淨淨。

濃霧好似被沖入下水道的污垢，退回了那骯髒黑暗的深處！

The End

作者　夜不語
封面繪圖　Kanariya
總編輯　莊宜勳
主編　鍾靈
美術設計　三石設計

出版者　春天出版國際文化有限公司
地址　台北市信義區信義路四段458號3樓
電話　02-7718-0898
傳真　02-7718-2388
E-mail　story@bookspring.com.tw
網址　http://www.bookspring.com.tw
部落格　http://blog.pixnet.net/bookspring
郵政帳號　19705538
戶名　春天出版國際文化有限公司
法律顧問　蕭顯忠律師事務所
出版日期　二〇一五年七月初版
定價　170元

總經銷　楨德圖書事業有限公司
地址　新北市新店區寶興路45巷6弄6號5樓
電話　02-8919-3186
傳真　02-8914-5524

夜不語作品 03

夜不語詭秘檔案 702：鬼線

國家圖書館出版品預行編目資料

夜不語詭秘檔案702：鬼線 ／ 夜不語 著.
一 初版. 一 臺北市：春天出版國際，2015. 07
面；　公分. 一（夜不語作品；03）
ISBN 978-986-5706-76-0（平裝）
857.7　104011531

版權所有・翻印必究
本書如有缺頁破損，敬請寄回更換，謝謝。
ISBN 978-986-5706-76-0
Printed in Taiwan

夜不語

詭秘檔案

夜不語

詭秘檔案